겨울의

시
장

겨울의 심장

초판 1쇄 찍은 날 2018년 9월 20일
초판 1쇄 펴낸 날 2018년 10월 7일

지은이 진주현

발행인 한동숙
편집주간 류미정
디자인 정계수
마케팅 권순민
공급처 신화종합물류

펴낸곳 더시드 컴퍼니
출판등록 2013년 1월 4일 제 2013-000003호

주소 서울 강서구 화곡로 68길 36 에이스에이존 11층 1112호
전화 02-2691-3111 팩스 02-2694-1205
전자우편 seedcoms@hanmail.net

@진주현, 2018

ISBN 978-89-98965-17-4 03810

- 이 도서의 국립중앙도서관 출판예정도서목록(CIP)은 서지정보유통지원시스템
  홈페이지(http://seoji.nl.go.kr)와 국가자료종합목록시스템(http://www.nl.go.kr/kolisnet)에서
  이용하실 수 있습니다. (CIP제어번호 : CIP2018029209)

겨울의 시먼장

진주현

장편소설

더시트
컴퍼니

차례

어떤 것이든 필요 이상으로 우상시하는 것은 비극적인 요소를 품고 있다. 아무리 순수한 열정에서 시작된 것이라 해도 말이다. 어쩌면 계산이 없는 틈에 파고들어 온 것이라 더 꽉 끌어안게 되는 건지도 모른다. 하지만 약속이나 한 듯, 그 대상으로부터 버려지는 순간은 언제나 그 믿음이 최고조에 달했을 때다.

악마에게 필요한 것은 사도다. 충실하며 의심이 빈약하고 배신을 할 염려가 없으며 게다가 실은 외부에 걸린 덫을 스스로 변형해 자의라고 굳게 믿는 것만은 열정적으로 맹세하는 사도들. 누군가를 받들지 않으면 홀로 살아갈 수 없는 존재, 자신 하나만으로는 세상을 버텨낼 수 없는 무수한 미생(未生)의 무리 속 세포들, 평범이라는 상태에 지독한 결핍을 가진 힘을 잃은 자들. 그들을 사로잡기는 어렵지 않다. 작은 힘을 보여주면 되는 것이다. 실은 아무것도 아닌 언어, 표정, 시선, 어디선가 슬쩍 빌려 온 그럴듯한 문구. 그들 자신이 하고 있던 질문에 거침없이 답하며 언젠가 그들도 분명히 가졌던 감정을 아직도 고고히 발산하는 매력을 사용하면 된다. 거짓 포만감일지라도 처음으로 부른 배를 가져본 말라비틀어진 사도들은 점점 더 약간의 허기도 견디지 못하고, 이제 자신이 악마에 기생하고 있다는 것마저 인지하지 못한다. 인지한들 더는 달리 갈 곳도 없다. 그런 건 이미 과거 속에 있다고 질끈 눈을 감아버려 텅 빈 마음이 비로소 안착할 곳에 몸을 누일 수 있다는 것에만 혈안이 되어버리고 만다. 손끝으로 어깨만 슬쩍 건드려도 그들은 눈물을 뚝뚝 흘리며 힘껏 안겨 온다. 너그러운 자비를 구하는 눈동자에 비치는 것은 정작 내가 아니라 결코 얻지 못했고 얻지 못할 이상적인 자아에 대한 결핍이다. 단 한 가지의 각오는 확실하게 가지고 있다. 다시는 과거로 돌아갈 수 없다는 것만은 정확히 체득해 벌벌 떠는 자신에 대한 혐오. 난 그 토사물의 냄새를 맡으면서 찡그리지 않는다. 그저 달콤하고 향기롭다.

희생자와 피해자의 공통점은 타인의 죄를 자신의 잘못으로 반대로 해석한다는 것이다. 삼자에게는 명백히 보이는 단순한 진실은 흘러넘치는 눈물에 가려, 혹은 텅 비어 무엇도 담아내지 못한다. 실은 완벽주의자들이 더 그러하다. 관계 속에서 자신의 티끌 하나라도 발견하고, 그 티끌을 또 쪼개고 잘라 단죄의 순간으로 돌진하는 것이다. 자신과 답 없는 싸움을 하는 동안 가해자는 머리를 써서 빠져나갈 구멍을 충분히 확보하고 자신들을 더 단단히 만든다는 것도 모른 채. 그러니 공평한 싸움은 애초부터 존재하지 않는다. 절망적이다. 그런 사도들 위에 내가 평범하기 그지없는 하찮은 문장을 하나 던진다. 세상은 원래 그런 거야. 세상, 이라는 단어의 표면에 묻어 있는 모호한 냄새의 익숙함은 늘 그 한 꺼풀 속에 숨어 있는 진짜 감정을 눌러버린다. 거기에서 모든 무지가 새롭게 탄생하고 나는 흡수할 것을 부지런히 정렬하고 빨아들이기 바쁘다. 누군가에게는 비극의 탄생이지만 그들과 달리 나는 침착하다. 나는 감정이 없다. 혹시라도 내 얼굴이 궁금하다면 거대한 코를 가진 인간이나 길거리에서 밟고 지나가는 맨홀 뚜껑을 상상하면 될 것이다. 허약해져야 발견하게 되는 순수함도 있다. 피폐해져야 부푸는 것들이 있다. 무너지고 헐벗어야 신을 찾기도 한다. 어떤 이들을 그런 과정에서 진짜 신을 찾기도 하지만 나머지 대부분은 내게 온다. 그 선택의 사이에서 고민하는 시간은 의외로 길지 않다. 자신을 버리고 싶은 지경에 이른 인간들에게 가장 큰 화두는 죽음에 대한 자유의지, 이다. 마음이 죽었어도 몸은 아직 녹이 덜 슬어 활동하는 세포로 가득하니 무엇이라도 섬겨야 하는 심정이 되고 마는 것이다. 그토록 안주를 경멸하던 청춘의 열정은 식어서 차갑고, 정의를 향한 송곳 같던 이성은 둥글둥글하게 마모되고, 너무 많은 후회와 붙어 있던 성찰마저도 무거워져 몸을 가눌 수 없을 때 내게 온다. 씨가 마른 자기 보호를 내게 맡기는 것이다. 돈 한 푼 안 내지만 영혼을 담보로 삼아. 그래서 악마는 잘못이 없다. 다만, 한 가지만 말하겠다. 내게는 반가운 일이지만 순간의 가벼운 악수로 당신의 생이 통째로 저당 잡히고 만 것을 나중에 내게 불평하지 말길. 기괴한 협정에는 원래 말이 필요 없다. 그리고 굳이 내가 등장하지 않아도 악마는 자기 자신 속에도 있다는 것이 가장 헐렁해도 은밀한 세상의 진실이다. 누구든 악마가 될 수 있고, 그 사도가 될 수도 있다.

　　N은 내가 다니는 대학에서 예술 미학을 강의하는 교수다. 내가 N교수의 강의를 듣겠다고 하자 친하지도 않은 동기들까지 말리고 나섰다. 나는 같은 과에서 삼 년이 다 되어가도록 마음 맞는 친구 하나 만들지 못했지만 대신 적도 없었다. N이 우리 대학에서 가장 젊고-스물셋인 나보다 딱 열 살이 위다-가장 괴팍하다는 소문은 나도 알고 있었다. 강의 두 번 만에 수강생들이 다 떨어져 나갔다는 전설 같은 이야기도 있었다. 나는 궁금했다. 대학교수 자리를 얻기가 얼마나 힘든데 그는 어떻게 교수 자리를 유지하고 있는 것일까. 둘 중 하나 아닐까. 대학의 고위 인사와 친밀한 관계이거나 실은 그의 강의가 아주 놀라운 수준이거나. 아직 그의

강의를 한 학기 동안 처음부터 끝까지 다 들은 학생이 없다니, 무엇이 진실인지는 그 속에 들어가보지 않고는 모를 일이다.

나는 어릴 때부터 호기심이 많았다. 그 호기심은 집중력으로 이어졌다. 문제는 그 호기심의 배분이 엉망이라는 것이다. 내가 무언가에 사로잡혀 있으면 – 그래봤자 정원에서 발견한 개미들의 행렬을 살피거나 어디서 얻은 만화경을 밤새 들여다보거나 좋아하는 만화책을 책장이 닳도록 읽고 또 읽어도 질릴 줄 모르고 다시 읽는 일들이 고작이었지만 – 몇 번이고 불러도 대답 없는 딸에게 인내심이 바닥난 엄마는 뛰어와서 내 등을 때리곤 했다. 저 애가 조용하면 무슨 일을 치고 있는 거야. 엄마는 아빠에게 화를 내고, 느긋한 성격의 아빠는 그런 엄마를 안심시키곤 했다. 애들은 저러다가 언제 그랬냐는 듯이 달라져. 그냥 놔두면 돼. 그리고 집중력이 좋다는 건 장점이야. 엄마는 투덜거리다 내 목덜미를 끌어 식탁에 앉혔다. 밥 먹어! 밥을 먹으면서도 내 머릿속은 딴 곳에 가 있기 일쑤였다. 생각해보면 우리 부모님은 참 무던한 분들이었다. 나 같으면 아마 밥도 주지 않았을 것이다.

N교수의 첫 강의는 간단한 오리엔테이션으로 끝나지 않았다. 보통 첫 강의는 앞으로 진행될 수업 방식의 개요를 설명하고 강의에 필요한 책들을 알려주고 몇 가지 주의사항을 전달하는 것으로 끝났다. 그가 첫 강의에서 내뱉은 첫마디는 이랬다.

"나는 예술에 대해 정의하지 않는다. 그나마 내가 인정하는 예술가에 대해서 강요도 하지 않겠다. 예술의 분류 방법은 애초 없다고 믿으니까. 다만 예술이라는 지극히 낯간지러운 발음이 난무하는 이 세상에서 어떤 것이 개소리인지만은 확실히 알려주겠다."

사십 분쯤 지나자 학생 몇이 슬쩍 강의실 밖으로 도망치기 시작했다. 처음부터 스물두 명이 고작이던 수강생 숫자는 이십 분이 더 지나자 절반도 안 되게 줄었다. 아마도 그중 대부분은 다음 강의 때는 볼 수 없을 것 같았다. 나중에는 맨 앞줄에 있던 학생 하나가 대놓고 불쾌한 표정을 지으며 문을 열고 나가자 강의실에 아직 남아 버티던 학생들이 뿜어내는 혼란함과 갈등이 검은 구름처럼 공기 중에 맴돌았다. 하지만 N교수는 눈 하나 꿈쩍하지 않았다. 이미 이런 상황에 익숙해진 걸까. 정말 소문처럼 그저 괴팍하기만 한 인간일까. N교수는 강의를 마치며 하얀 보드에 책 제목 하나를 적고 나갔다. 그러자 갑자기 조교가 강의실로 들어와 탁자 위에 프린트를 올려놓더니 보드에 A4 10, 이라고 적고 나갔다. 왠지 조교까지 이상하다. 조교가 나가는 순간 누군가가 물었다. 저 책을 읽고 A4 열 장의 페이퍼를 내라는 건가요? 조교는 고개를 한 번 끄덕이곤 횡하니 사라졌다. 질문한 남학생은 어이가 없다는 듯이 뭐야? 왜 대답을 안 해? 뭐야? 하며 신경질적으로 프린트 한 장을 집어 들고 강의실 밖으로 나갔다. 나도 프린트 한 장을 들고 강의실을 나왔다. 강의실 복도에서는 두 시간 만에 겨우 강의실에서 벗어난 처음 본 학생들이 낯가림마저 생략한 채 단합한 듯이 모여서 서로에게 답도 없는 질문을 하고 한숨을 쉬고 서로의 눈치를 봤다. 하지만 나는 다음 강의가 바로 있어 커피 한잔도 못 마시고 다른 건물로 달려가야 했다. 이번 강의는 다행히 삼십 분도 안 돼서 끝났다. 숨을 고르고 생각을 좀 정리할 시간이 필요했다. 자판기 커피를 뽑아 멍하니 있다가 결국 프린트는 제대로 보지도 못했다. 연달아 강의 두 개를 듣고 구내 서점으로 가서 그제야 프린트에 적힌 책 이름을 댔다. 그러자 내 앞에는 두꺼운 책 한 권이 놓였다.

"계산해드려요?"

"잠시만요."

책을 보자 망설여졌다.

그때, 뒤에서 누군가가 내 앞에 있는 책의 제목을 말했다. 뒤를 돌아보니 강의실에서 본 듯도 한 두꺼운 안경을 쓴 여학생이 있었다.

"저, 죄송하지만 이 책이 지금은 한 권뿐인데 먼저 온 분이 있어서요."

직원은 내게 재촉의 눈빛을 보내며 짜증을 누르고 말했다.

"아니, 한 권이라니요? 오늘 교수가 지정한 책인데 재고가 한 권이라니 말이 돼요?"

"오늘 몇 권이 나갔고 내일 다시 들어옵니다."

이제 나를 노려보는 사람은 두 명이다.

"살게요."

큰 가방 안에도 들어가지 않는 두툼한 책을 손에 들자, 앞으로의 험난하고 무거운 시간을 받아 든 것임을 절절히 예감했다.

집으로 돌아와 한 시간만 잠을 자기로 하고 소파에 누웠다. 하지만 탁자에 놓여 있는 책과 프린트가 자꾸만 눈에 거슬려 녹초가 된 몸을 다시 일으켰다. 먼저 프린트부터 자세히 살펴보다가, 맨 마지막 줄에 쓰여 있는 문장에 절망했다. 시뻘건 글자. 지옥의 문지기 같은 냉기가 하나의 문장 위에 들러붙어 있다.

〈지정한 책에 나오는 예술가든 철학가든 그들의 연결고리를 모조리 찾아오도록.〉

프린트를 내려놓고 책을 펼쳐볼 엄두가 나지 않아 한숨만 연달아 쉬며 생각이라는 것을 해보았다. N교수의 과제도 과제지만 다른 과목들의 학점도 놓칠 수가 없는 상황이었다. 한 학기에 18학점 이상 듣지 못하게 지정해놓은 대학의 빡빡한 방침 탓에 한 과목이라도 F를 맞아서는 안 된다. 지금이 삼 학년 이 학기지만 졸업논문은 사 학년 일 학기까지 제출하게 돼 있어서 앞으로는 밤을 새울 일이 허다할 게 뻔하다. 그런데 N교수의 첫 과제는 논문의

양과 맞먹을 만했다. 심란한 마음에 우선 커다란 나무 탁자 위를 정리하기로 했다. 작은 창턱에 붙여놓은, 거실의 절반을 차지하다시피 하는 이 탁자는 가운데 노트북을 중심으로 빈틈없이 여러 책과 논문 자료와 온갖 색의 점착식 메모지들로 뒤덮여 있다. 가장 급한 우선순위로 분류한 것들은 초록색 별 모양으로 눈에 잘 띄게 따로 분류해 오른쪽 창문에 비닐 테이프로 고정되어 있다. 이미 충분히 복잡하고 고된, 온갖 해야 할 일들을 받치고 있는 탁자 위에 더해진 두꺼운 책 한 권은 열어보기도 전에 위협을 넘어섰다. 찬물부터 한잔 마시고 책장을 열었다.

챕터는 총 스물네 개였다. 첫 챕터의 주인공은 카프카. 그나마 다행이었다. 어딘가에 카프카에 대해 정리해놓은 파일이 있다. 하지만 나머지 스물세 명의 예술가들 중에 이름이라도 들어본 사람은 절반뿐이었다. 작가만 있는 것도 아니다. 작곡가나 화가는 그나마 나았다. 생면부지의 전위 예술가는 어떻게 할 것인가. 무슨 예술가들이 이토록 많은가.

미친 과제다. 미친 교수다. 아니 미친놈이다. 분명히 사디스트 성향을 가지고 있을 것이다. 연결고리를 찾기는커녕 일주일 동안 이 책을 대강 읽기도 힘들 것 같았다. 스물네 개의 커다란 골목 속에는 길을 잃고야 말 광야들이 뱀처럼 도사리고 있고, 발아래 빼곡하게 박힌 돌 하나라도 잘못 밟으면 다른 골목으로 가기도 전에 그 골목에 갇힐 것이다. 빨리 결정을 해야 한다. 아직 시작도 안

했으니 포기는 아니다. 그 시간에 있는 다른 강의를 다시 찾아보자. 그리고 저 책은 중고 서점에 팔아버리자. 아니면 안경을 쓴 그 여학생에게 그냥 줘버리든가. 나는 진행 중이던 논문으로 돌아가 집중하려고 했다. 하지만 한 시간이 지나도 제자리였다. 내 집중력은 내 눈에서 보이지 않게 다른 곳으로 치워둔 책과 프린트 한 장에 가 있다.

카프카는 인간 운명의 부조리와 존재의 불안을 통찰한 작가다. 그리고 너무나도 유명한 『변신』을 쓴 유대계의 독일 작가이며 그런 태생 때문에 늘 고독과 외로움을 품고 살았다. 1917년 9월 폐결핵 진단을 받아 여러 곳을 요양하며 지내면서도 글쓰기를 계속하다 1924년 6월 3일에 세상을 떠났고 일주일 후에 프라하의 유대인 묘지에 안장되었다.

노트북에 카프카에 대한 기본 정보를 기록하는 것만으로도 어느새 두 시간이 훌쩍 지나가 있었다. 커피잔이 비워지고 다시 채워지고 커피를 마신 기억조차 나지 않을 시간을 보내자 피곤해서 더는 버틸 수가 없었다. 시간을 조금이라도 단축하기 위해 각각의 챕터가 시작하는 곳에 포스트잇으로 표시를 하고 소파 위로 몸을 던졌다. 시간을 보려는데 그럴 필요도 없이 메모지로 가득한 창문에 이미 아침이 와 있었다.

N교수의 두 번째 강의에는 예상대로 학생들이 대폭 줄어 나까지 열한 명이었다. 그 안에는 구내 서점에서 본, 내게 책을 빼앗겼다고 여길 것이 분명한 안경을 쓴 여학생도 있었다. 강의가 시작되기 전에 N의 이상한 조교가 먼저 들어와 과제를 거두어 탁자 위에 올려놓고 검토를 했다. 그리고 과제를 해 오지 않은 학생은 강의실 밖으로 나가라고 했다. 학생 셋이 표정을 일그러뜨리며 가방을 챙겨 강의실 밖으로 나갔다. 조교는 돈을 세듯이 과제를 낸 학생들의 프린트 숫자를 일일이 확인하고는 열 쪽을 채우지 못한 학생에게도 나가라고 했다. 그러자 또 네 명이 강의실 밖으로 추방되었다. 나까지 네 명의 학생만이 남았다. 안경을 쓴 여학생은 살아남았다. 나보다 하루가 더 부족했을 텐데, 대단하다.

조교가 나가자 N교수의 두 번째 강의가 바로 시작되었다. 나는 긴장한 나머지 차라리 강의실 밖으로 내쳐진 학생들이 부러울 지경이었다. 그에게는 어떤 책도 필요 없었고 보드를 향해 등을 돌리는 순간도 없었다. 그의 뇌에서 입술까지의 거리는 손가락 한 마디의 길이도, 거리도 되지 않는 것 같았다. N교수의 강의는 거침없이 부드러운 물결의 생동감과 더불어 거센 태풍의 눈 속, 고요함을 품은 채 유려하게 이어졌다. 강의의 밀도에 압도되고 유혹당했다. 필기는 할 수도 없었다. 이야기 속의 또 다른 이야기들이 끝도 없이 이어지고 파생되고 그 줄기를 따라 가느다란 신경이 퍼지다가 다시 원점으로 거대하게 통합된다. N교수의 강의는 말하자면 폭풍이었다. 지식을 전달하거나 전수하는 것이 아니라 예술이라는 잡히지 않는 바람 같은 주제를 바탕에 깔아놓고 그 위를 질주하는 사자의 눈빛과 털 모양과 발이 흙에 닿는 느낌만을 면밀하게 표현한다. 카프카도 잠시 언급되었다. 하지만 대표작인 『변신』에 대해서는 말하지 않았다. 그저 그가 마지막으로 머물던 요양원의 풍경에 대해서만 마치 그곳에 있었던 것처럼 중얼거렸다. 혼이 거의 빠지고 나서야 강의가 끝났다.

N교수가 나가자 어김없이 조교가 들어와 기계처럼 프린트 넉 장을 탁자에 나열해놓고 가버렸다. 첫 번째로 프린트를 손에 쥐기 위해 움직인 것은 안경을 쓴 여학생이었다. 남학생 두 명이 그 뒤를 이어 나가고, 나와 내 몫의 프린트 한 장만이 강의실에 남겨졌다. 긴장으로 굳은 몸을 간신히 일으켜 프린트를 잡았다. 프린트 위, 글자를 보지 않으려고 얼른 반으로 접고 가방에 넣었다. 아직 두 개의 강의가 남아 있다.

〈이번에는 어떤 예술가의 말도, 생도 들먹이지 말고 예술에 대한 자신만의 생각을 피력할 것. 한 줄도 상관없다.〉

전의를 상실하게 만드는 비보를 눈으로 읽으면서도 내게 예술, 이란 무엇인가 생각하기 시작했다. 나는 아직은 백기를 들지 못한다.

S의 미간에 주름이 잡혔다.

"자기, 무슨 일이 있는 거야? 말해봐."

"그냥 너무 고단하고 혼란스러워요."

"혹시 N교수 강의 때문이야?"

나는 말할 기운도 없어 고개만 끄덕였다.

"N이 대단하긴 한가 보네."

"아…… 대단해요."

"뭐가 제일 힘든데? 과제?"

"과제도 힘들지만 뭔가 실험을 당하는 기분이 들어서. 무모한 도전과 어리석은 치기, 딱 그게 나예요."

"너무 그러지 마. 강의 듣는다고 할 때 말릴 걸 그랬나 미안해지잖아."

"말리지!"

내가 눈을 흘기자 S가 내 팔을 잡아 일으켰다.

"밥 먹자."

"밥보다 잠을 자고 싶어요."

"얼마나 못 잔 거야?"

"새벽 네 시 전에 자본 적이 없어요."

"큰일이네. 그래도 우선 간단히 뭐라도 먹자. 안 되겠어."

S는 대학의 도서관 사서다. 나보다 열 살이 많지만 유일하게 속

을 터놓는 자매 같은 사이다. N교수의 강의를 듣기 전에 S는 N교수에 대해 말해주었다. 어쩌면 그 이야기 때문에 강의를 듣게 된 건지도 모르겠다.

"자기에게만 말하는 건데, 실은 N과 나는 동향이야. 초등학교 때 한 번, 같은 반인 적이 있었어. 뭐, 그때는 말도 거의 안 해서 친하고 말고 할 것도 없었지만. 여기에서 만날 줄은 몰랐지."

"그럼 이제는 친해요?"

"음…… 뭐랄까, 적당하게 친한 정도? 가끔 맥주 한잔씩 마시는 게 다야. 낯을 많이 가리는데 어떻게 강의를 하나 몰라."

"그런데 정말 N교수의 강의를 다 들은 학생이 없다는 게 사실이에요?"

"응, 사실이야. N이 직접 나에게 말했으니까."

"과제를 왜 그렇게 지독하게 내는지 말한 적은 없어요?"

"없어. 나도 한 번 물어봤는데 대답을 안 하더라고."

"혹시 대학에 인맥이 있어요?"

"아니, 내가 알기로는 특별한 인맥은 없는데. 그러고 보니 신기하네."

나의 첫 번째 가설은 바로 허공으로 날아갔다.

"힘들겠지만 자기가 한번 해내봐. 좀 이상한 구석이 있어도 지식만은 어마어마하거든. 딱히 설명하기는 어려운데 꽤 탁월하기는 해."

"들은 이야기로는 나쁜 쪽으로 탁월한 것 같아요."

내 말에 S는 한참을 웃다 차분히 말했다.

"그래서 대신 신이 잘 돌아가는 뇌를 준 게 아닐까?"

"N교수가 천재라고 생각해요?"

"솔직히 말하면, 맞아. 내가 보기에 그는 천재야."

지상에서 천재를 구경하기 위해, 나는 두 번째 가설 속으로 스스로를 갇히게 만든 시초를 구축하고 만 셈이다. 나도 모르는 사이에 N, 이라는 교수를 역으로 나의 연구 대상으로 삼아버린 것이다.

N교수의 네 번째 강의가 끝난 후 녹음기를 하나 샀다. 긴장과 피곤은 어쩔 수 없다 쳐도 여전히 텅 빈 노트는 참을 수가 없었다. 강의가 끝나면 아무것도 기억이 나지 않았다. 마치 소리 없는 흑백영화를 본 것처럼, 뭔가 잡히지가 않았다.

녹음기를 켰다.

드디어 빈 노트에 글자들이 생겨났다. 잡히지 않던 말들을 포획했다. 흘러가던 물결에 손을 넣어 느낌, 을 갖는다. 흐르는 것들을 멈추라고 지휘하는 쾌감과 처음으로 N교수도 그저 인간이라는 사실을 손에 넣은 것 같아 안도했다. 그래. 이제 내 템포를 찾아간다는 기분에 나는 샤워를 할 때도 녹음기를 재생해놓았다. 한 곡의 노래를 외우듯이 N교수의 말들 속에 있는 라임을 익혔고 자주 쓰는 단어들을 발견하고 숨과 말 사이의 공간까지 점령했다. 밤을 새우면서도 내가 우위를 점한 그 목소리를 틀어놓으면 고단함이 반으로 줄어들었다. 그러자 한동안 멈췄던 논문도 다시 달리기 시작했고, 거울이 퀭한 얼굴을 보여줘도 나는 승리를 목전에 둔 투사의 기운만 구분해 따로 받아들였다.

나도 모르는 사이에 스스로를 함정에 빠뜨리고 있었다. 강의 때문이 아니라, 과제를 완수하기 위해서만이 아니라, 지지 않고 이기기 위해서가 아니라, 내가 혼자 있는 시간을 온통 하나의 목소리에 내어준 채로 그것이 배경 음악처럼 일상이 되어가고 있다는 것을 전혀 알지 못했다. 내 귀의 달팽이관은 질리지도 않고 그의 목소리를 원했다. 그토록 긴장을 유발하던 목소리는 내 방에서는 은은해졌고 하나의 절대적인 음악이 되어가고 있었다. 깃털 같은 경고도 없이 시간을 먹자 어느새 무시무시한 습관으로 무겁게 변태되고 있었다. 이제 나는 그의 목소리가 흐르지 않는 순간을 견딜 수가 없어 재생 버튼을 누르고 또 눌러댔다. 나는 N, 이라는 인간에게 반한 것일까. 아니다. 인간 자체에 반했다면 목소리 따위는 크게 상관없을 것이다. 나는 힘껏 내 감정을 의심해볼 필요가 있다. 하지만 의심, 이라는 건 이미 반은 넘어갔다는 것과 다르지 않다. 난 녹음기를 어렵게 끄고 정적 속에서 버텨보기로 했다. 시계 초침이 둥근 원 안에서 정확하게 최고점에서 오른쪽으로 기울기 직전에 눈을 꼭 감았다. 얼마 지나지 않아 내 몸의 기관들은 아우성을 쳤다. 귀는 정적에 적응하지 못해 발가벗은 몸처럼 옷을 원했고 맥박은 어디가 평균 지점인지를 잃어 여기저기 부딪혀대며 구조의 메이데이, 메이데이를 외치고 내 눈꺼풀은 열리고 싶어 안달이 나서 떨리기 시작했다. 내 의지는 바닥만 치다 눈을 떴다. 시계를 보니 바늘은 한 바퀴를 돌아 원래의 시작점에도 도달하기 전이었다. 그 생경한 지옥을 경험하는 데 일 분도 걸리지 않았다.

나는 아무 노트나 잡고 펼쳐 N교수의 나쁜 점을 적기 시작했다. 과제가 엄청나다. 학생들을 내치는 데 거침이 없다. 필기를 할 수가 없다. 그리고 조교도 이상하다. 그리고…… 나는 노트를 찢어버리고 녹음기를 켰다.

N의 마지막 강의가 있는 날이다. 험난한 정글에서 살아남은 학생은 지난 강의까지는 나와 안경 쓴 여학생이 전부였다. 그 긴 전쟁 속에서도 나와 그녀는 결코 본능적인 동지애마저 갖지 못한 채 더없이 타인이었다. 안경 너머로도 그녀가 나를 경쟁 상대로 여기고 있다는 걸 느꼈다. 책을 사던 서점에서부터 이미 어긋난 것이다. 그녀의 두꺼운 안경이 보호막이라면 내 보호막은 무엇일까. 녹음기일까. 반칙 같지만 맞다. 마지막 강의가 시작되기 오 분 전에 간신히 출력한 종이를 들고 강의실로 뛰어가 자리에 앉자 N교

수가 들어왔다. 나 혼자였다. 강의가 시작되자 나는 몰래 가방 속에 손을 넣고 녹음기 버튼을 조심히 눌렀다. 한참이 지나도 여학생은 끝내 나타나지 않았다. 하지만 강의는 백 명을 앞에 둔 것처럼 열정적으로 진행되었고 그 여학생은 애초부터 존재하지 않은 것 같았다. 그리고 두 시간을 꽉 채운 강의가 끝이 났다.

"혹시 질문이 있나?"

N교수가 질문을 한 적은 처음이었다. 그리고 처음으로 나와 눈을 마주쳤다.

"저…… 다음 학기 강의도 이번과 같은 내용인가요?"

바보 같은 질문이다. 알고 있다. 이제 학점은 다 채웠으며 나는 곧 졸업이다. 그리고 다시 이 강의를 들을 마음은 절대 사절이면서도.

"다음 강의는 없네."

"네?"

"말 그대로. 다음 강의 같은 건 없다고. 아직도 설명이 필요한가?"

"한 학기를 쉬시는 건가요?"

"이제 영영 강의를 안 한다는 뜻이야."

그는 명한 표정으로 멈춘 내게 한마디를 툭 던지며 강의실 밖으로 나갔다.

"J, 페. 르. 소. 나. 자네의 열정이 더 좋은 곳에 쓰이길."

그는 나에게 A⁺ 학점을 주었다.

나의 착각이 아니다. 하지만, 동시에 그래서 또 녹음기를 누른다.

"페. 르. 소. 나."

못된 마음에 마지막 강의만 빠졌던 그 여학생이 있었더라면, 하는 가정을 하고 또 한다. 페르소나들, 이라고 말했다면 둘뿐이라도 보편적인 범주로 받아들였을 가능성을 그녀의 마지막 부재가, 내가 빠져나갈 수 있는 마지막 순간 앞에서 내 발목을 잡아버린 것 같아 원망스러웠다. 게다가 그 앞에 내 이름인 J, 가 나를 해쳤다. 내 이름 앞에 붙어 있을지도 모를 나의, 혹은 아무 의미도 없는 나의, 사이에서 나는 무얼 바라는 걸까.

겨울의 심장

"아무도 밟지 않은 눈 위를 걸으면 귤껍질을 까는 소리가 나."

나는 공원 안으로 들어가 아무도 밟지 않은 눈에 발을 대고 걸었다. 친구에게서 나던 귤껍질 벗기는 소리는 나지 않았다. 마주 보이는 건물 이 층이 N교수의 집이다. 방학이 시작되어도 집으로 내려가지 못하고 방 안에 스스로 갇혀버렸다. 연락이 닿지 않아 결국 어제 집으로 찾아온 S에게 알 수 없는 내 감정들에 대해 털어놓고 말았다. S는 아무 말 없이 내게 N교수의 주소를 적어주고 가만히 안아주었다.

시간이 지날수록 손과 발의 감각이 점점 무뎌져 간다. 여기서 서성인 시간이 한 시간이 넘어간다. 불같은 감정들은 시퍼런 입김을 밖으로 보내면서도 조금도 사그라지지 않았지만 내 몸은 타협을 원하기 시작했다. 어찌어찌 저 건물의 이 층으로 가서 문을 두드려 N교수가 나온다고 해도 나는 무슨 말을 할 수 있을까. 이게 상사병인지 아닌지 판단해달라고 할 것인가. 아니면 당신의 목소리 덕에 내 손목은 건초염에 걸릴 지경이 되었으니 책임을 지라고 화를 낼 것인가. 아니면 최고의 학점을 줘서 고맙다는 인사를 하려고 들렀다고 할까.

나는 사뮈엘 베케트의 「고도를 기다리며」를 떠올렸다. 지금 나는 블라디미르이며 동시에 에스트라공이다. N, 이라는 거대한 '고도'를 기다리고 있는 두 사람이다. 내 정신의 블라디미르는 조금만, 조금만 더 기다리자 하고 얼음장이 된 내 몸의 세포들은 에스트라공이 되어 제발 그만 가자고 보챈다. 책 속의 고도는 끝내 오지 않는다. 오십 년을 기다려도 오지 않았다. 하지만 그들은 지금도 계속 티격태격하며 같이 기다리고 있다. 끝나지 않은 전쟁 속 피난 생활의 고통과 기다림에 비하면 내 상황은 어디다 내놓을 수조차 없는 사적이고 이기적인 행보였지만 이제는 에스트라공이 우위를 점하는 것에 대해 수긍하고 싶어졌다. 딱 십 분만 더. 진짜 딱 십 분만 더.

바(Bar)의 문을 열자마자 재즈 연주와 함께 가게 안의 온기가 확 밀려들었다. 두 시간 가까이 밖에서 얼어 있던 몸은 그 온도에 바로 적응이 되지 않아 그냥 출입문과 가장 가까운 탁자에 앉았다. 손님이 거의 없는 이른 저녁이었다. 잠시 숨을 고르고 있자 바텐더로 보이는 남자가 바 안에서 눈인사를 했다. 메뉴판을 가져다주는 직원도 없었다. 나는 바텐더에게 가서 그 뒤, 진열장에서 가장 먼저 눈에 들어온 새가 그려진 와인 하나를 무작정 고르고 다시 돌아와 앉았다.

"먼저 시음해보시겠어요?"

"괜찮아요."

"그럼."

바텐더가 투명한 잔에 붉은색의 와인을 따라주며 말했다.

"일 분 후에 드세요."

와인을 거의 마셔본 적이 없는 난 일 분이 되기도 전에 한 잔을 그냥 들이켰다. 어느새 내 앞에는 고전적인 접시에 담긴 치즈가 놓였다. 얼음이 박힌 듯한 얼굴이 뜨거워지고 있었다. 아무 생각 없이 입속에 넣은 치즈 한 조각이 너무 부드러워 내 비참함은 곱절이 되었다. 내일은 집으로 내려가자. 그리고 모두 잊는 거야. 아무런 일도 아직 벌어지지 않은 거야.

"어이, 페르소나!"

등 뒤로 잠시 찬바람이 들어오는가 싶더니 그와 동시에 익숙한 목소리가 들렸다.

본능적으로 고개를 돌리자 N교수가 있었다.

"아, 교수님."

그를 당신, 이나 미친 인간, 이라고 부르지 않은 게 기적이었다.

"여긴 내 구역인데."

N교수가 바텐더 앞 의자에 앉으며 말했다.

몇 미터 앞에 나타난 '고도'에 나의 모든 것이 덜덜 떨려왔다. 아무렇지도 않게 내뱉은 '어이, 페르소나', 라는 말의 어감에 점점 분개하기 시작했다. 상대방에게 치욕을 주기로 작정한 놀림조의 한없이 가볍고도 악질적인 농담이었다. 어쩌면 자신의 강의를 끝까지 다 들어낸 학생이 전무했던 기록에 처음으로 흠집을 낸 내게 한 방을 먹이고 싶었던 걸까. 일어서야 한다. 집으로 가자. 하지만 몸은 무겁고 머리는 어지러웠다. 하나. 둘. 셋. 온 힘을 다해 자리에서 일어나 손을 들어 바텐더를 불러 계산을 하고 가게 밖으로 나왔다. 내 집으로 가는 길이 오른쪽인지 왼쪽인지 잠시 가늠하며 가게 앞에 서 있는데 누군가 내 팔을 잡았다.

"술은 약한가 보군."

N교수였다.

"무슨 말이에요?"

"독한 인간 아니었던가?"

"무슨 뜻이죠?"

갑자기 나는 겁이 없어졌다.

"아, 독한 강의를 다 들어낸 독한 인간. 네네, 그렇다면 저는 독해요."

찬바람이 얼려놓은 얼음판 위에서 난 결국 내뱉고 말았다. 끝을 내자는 심정이었다. 술기운도 갑자기 사라졌다.

"왜 저를 페르소나, 라고 부르는 거예요?"

"그게 거슬렸나 보군."

이 인간은 절대 그냥 대답하는 법이 없다.

"페르소나(Persona)는 그리스 어원으로 '가면'을 뜻하죠. 스위스의 심리학자이자 정신과 의사, 카를 구스타프 융은 사람의 의식과 무의식중의 페르소나를 열등한 인격이며 자아의 어두운 내면이라고 말했고요. 하지만 영화나 연극에서는 종종 감독이나 작가의 자화상이나 분신으로 지칭되죠. 영화 「400번의 구타」처럼요. 이제 장 피에르 레오에 대해서 말해볼까요?"

"제대로 알고 있군."

"그건 지옥 길을 완주하지 않아도 대부분이 알고 있는 지식이에요."

"난감하군."

"뭐가요?"

"대답을 하기가."

"제 질문은 단순했어요. 난 가면의 페르소나인가, 아니면 감독의 총애를 받는 특별한 의미의 페르소나였나. 그런데 이제는 아무 것도 궁금하지 않아요."

얼음판으로 조심히 발을 옮겼다. 상처를 치료하거나, 자신을 비웃거나, 혹은 내가 예상하지 못한 무슨 짓을 하더라도 그건 내 방에서여야 한다.

"내 집 앞에서 그렇게 오래 기다려놓고 정작 마지막에는 참을성이 없군. 페. 르. 소. 나."

그 말에 내 세상이 뒤집혔다.

"당신은 주인공이라는 의미의 페르소나야."

"믿을 수 없어요."

"혹시 나랑 자기를 원하나?"

"전혀요."

"실망이군."

"다행 아닌가요?"

나는 도망쳤다. 집을 향해 뛰었다. N이 내 등 뒤에 대고 했던 말보다 앞지르려고 온 힘을 다해 달렸지만 빙판 길에 미끄러지는 바람에 나를 따라오던 N의 말이 내 등에 먼저 묵직하게 업혔다.

집 현관에 도착한 나는 시퍼렇게 멍이 들기 시작한 무릎과 피가맺힌 손바닥을 보며 마치 내가 손도 잡아보기 전에 그와 이미 수백 번을 함께 오르가슴에 오른 여자 같고 온 정신은 그의 키스 마크로 얼룩덜룩한 멍이 새겨진 여자 같아서 견딜 수가 없었다.

"자기한테 한 가지 비밀을 말해줄까? 별건 아니지만."

"비밀이요?"

"나도 이 학교의 학생이었어. 이 학년을 마치고 관두게 됐지만."

전혀 몰랐던 사실이다.

"어떤 이유인지 물어봐도 돼요?"

"그럼. 자진해서 비밀을 털어놓는 사람에게 질문이 없으면 도리어 서운한 법이지."

"내가 작은 지방 도시에서 자란 건 자기도 알지?"

나는 고개를 끄덕였다.

"시골은 아니었지만 뭐 그때만 해도 시내로 나가기 전에는 영화 하나 보기가 어려웠어. 부모들은 일하느라 바빴고 아이들은 학교가 끝나면 마땅히 놀 거리도 없어 그저 심심해했지. 그러던 어느 날, 작은 마을 회관 앞 전봇대에 전단지 한 장이 붙었어. 다음날 한 극단이 마을 회관 앞에서 공연을 한다는. 이튿날, 난 어스름한 저녁 무렵에 마을 회관 앞으로 갔어. 근처에 사는 어른들 몇몇이 막걸리를 마시고 있었고 내 또래의 아이는 보이지 않았어. 난 맨바닥에 앉아 공연이라는 걸 기다렸지. 곧 남자 둘이 나와 마을 회관 앞의 큰 나무 앞에서 서로 이야기를 하기 시작했어. 뭐야. 서커스도 아니고 저게 뭐야? 막걸리에 거나하게 취한 아저씨가 드러누우며 중얼거리더니 그냥 곯아떨어져 버리고 오 분 정도가 지나자 얼마 되지도 않던 어른들은 거의 자리를 뜨기 시작했어. 저게 뭐야? 무슨 말인지도 모르겠네. 하지만 남자 둘은 아랑곳하지 않고 계속 싸우는 것 같은 말을 주고받았어. 그들은 누군가를 기다릴지 말지에 대해 얘기하는 것 같았어. 시끄럽던 어른들이 사라지자 오른쪽 저편에 내 또래의 남자애 하나가 앉아 있는 게 보였어. 어느새 서서히 내린 어둠 속, 두 남자는 계속 나무 아래에서 싸우다 화해하기를 반복하더니 어느새 공연이 끝났어. 박수 하나받지 못한 두 남자는 그래도 정중하게 고개를 숙여 인사를 하고는 나무 뒤에서 짐을 챙겨 어디론가 가버렸어. 나도 일어서서 집으로 왔지. 그런데 참 이상한 게 시간이 지나도 그 공연을 절대 잊을 수가 없는 거야. 내용을 제대로 이해하지도 못했는데 전혀 지루하지 않았어. 그저 다른 세상에서 온 두 명이 마지막으로 인사를 하던 장면이 끝도 없이 반복되자 난 그냥 알게 되었어. 내가 되고 싶은 게 뭔지. 자기라면 그 연극을 분명 알겠지?"

"고도를 기다리며."

"나는 배우가 되고 싶다고 간절히 원하기 시작했어. 영화도 아니고 드라마도 아닌 연극배우가 되고 싶었어. 나중에「고도를 기다리며」를 쓴 사뮈엘 베케트가 아일랜드계 프랑스인이란 것도 알게 됐지. 그래서 난 기를 써서 이 대학의 불문학과에 합격했어."

나와 현재의 S 사이에 열아홉 살 먹은 S가 둥둥 떠다니기 시작했다.

"난 극단이라는 극단은 다 찾아다녔어. 그저 받아주기만 한다면 무슨 일이라도 하겠다는 열의로 지하 계단을 셀 수도 없이 날아다니듯 오르내렸지. 대부분은 어떤 이유도 듣지 못한 채 내쳐졌어. 노골적으로 귀찮아하는 표정에 상처를 받아도 다음 날이면 또 움직이고 있었어. 그러다 한 극단이 나를 임시 단원으로 받아줬고 그 순간부터 내 손에 들린 건 두툼한 연극 포스터였어. 강의가 끝나면 매일 극단으로 미친 듯이 달려갔고 종종 수업을 빼먹는 일이 늘어가도, 매일같이 뻔뻔하게 내미는 무거운 포스터를 받아 들고 거리로 나가면서도, 극단에서는 연극에 대해 아무것도 알려주지 않았어도 난 기다리면 된다고, 언젠가는 내게도 기회가 올 거라

믿어야 한다고, 공연 연습을 하는 극단 배우들을 볼 수 있다는 것만으로도 감사하다고 믿었고 믿어야 했어. 그때 내가 붙인 포스터만 해도 아마 몇천 장은 넘을 거야. 그때는 연극 포스터를 붙이는 지정된 게시판이 없던 시절이어서 포스터 위로 다른 극단의 포스터가 덮이고 그 위에 또 다른 극단의 포스터가 금세 붙곤 했어. 근처를 한 바퀴만 돌고 오면 몇 분 전에 내가 붙인 포스터는 보이지 않았어. 그러니 극단의 말단끼리 싸움이 벌어지는 건 당연했지. 추운 겨울에는 종이에 손이 베어 쓰라렸고 여름이면 포스터 뭉치 위로 땀이 뚝뚝 떨어졌어. 단속 나온 경찰들에게 하도 붙잡혀 가서 나중에는 경찰들과 친해질 정도였다니까. 그렇게 이 년이 흘렀어. 학점은 엉망이었고 대학에서 친구 하나 사귀지 못한 채 매일 배를 곯는 게 일상이 되자 어쩔 수 없이 반발심이 생기더라. 우리 집은 가난했고 아르바이트를 할 시간은 안 나고 결국 포스터를 받아 든 손에 거부감이 자꾸 얹히기 시작했어. 그러던 며칠 후, 마지막 남은 포스터 한 장까지 다 붙이고 나서 집으로 가는 대신 극단으로 뛰어갔어. 그토록 오필리아, 를 온갖 벽에 전시해도 내게는 실패할 기회조차 주어지지 않았어. 그냥 그만두겠다고 메모만 남기고 올 생각이었지. 극단 지하 계단을 내려가는데 불빛이 흘러나왔어. 난 그 불빛을 따라 더 내려갔어. 그리고 보고 말았어. 다음 차례의 페르소나를. 그녀는 극단 중심 배우들이 둘러싼 원 가운데서 연기를 하고 있었어. 문틈 사이로 아름다운 얼굴과 몸을 가진 여자의 형편없는 연기를 보다가, 나는 포스터에 수도 없이 베인 상처투성이의 내 손을 처음으로 제대로 봤어. 한 번도 불평할 생각조차 하지 않았던 주인에게 방치된 가여운 손을. 마음껏 쓰라리다고 소리쳐 보지도 못한 내 손이 내 전부를 처음으로 대변했어. 한 사람을 위한 환호성을 들으며 난 남은 포스터를 한 장도 빼놓지 않고 지상으로 옮겼어. 그리고 그것들이 공영 소각장에서 재가 될 때까지 배웅을 하고 다음 날에는 대학에 자퇴 원서를 냈지. 물속에 잠겨 노래를 부르며 죽음을 맞이하던 오필리아와는 다른 식으로 난 나를 끝장냈어."

나는 N의 연인이 되었다. 그만의 주인공인 진짜 페르소나가 되었다. 그는 나와 둘이 있을 때면 내 이름 대신에 종종 페르소나, 라고 불렀다. 얼음장 같은 눈동자 속에 떠오르는 찰나의 고즈넉한 빛을 볼 수 있는 특권은 나에게 허락된 오직 나만의 것이었다. 그는 페르소나, 라는 발음을 할 때면 늘 급하지 않게 한 글자마다 정성을 다해 네 마디로 나눠 내게 주었다. 그 어감은 현기증을 불러일으키는 매력과 불안한 기운을 같이 품고 있어 나는 매번 황홀함과 애달픔 사이에 갇혀버린 것 같았다.

우리는 겨울잠을 자는 동물처럼 그의 집에서, 방에서, 침대에서 거의 모든 시간을 보냈다. 이제 녹음기는 필요 없었다. 직접 내 귓

속으로 들어오는 그의 목소리를 나는 당당하게 획득하고 흡수하고 게걸스럽게 먹어댔다. 그의 눈빛 하나에, 손끝 하나에, 혀의 움직임 하나에 내 귀로는 한 번도 들어보지 못한 생경한 내 목소리가 공중에 욕망의 감탄을 울부짖었다. 눈을 뜨지도 못한 채 능숙한 기타리스트 같은 그의 섬세한 손가락을 기다리며 더 애원하고 재촉하고 더 나를 지배하기를 요구했다. 내 몸은 그만을 위해 존재하는 피아노 건반이 되어 튕겨지다 전율하기를 반복하고 마치 이 세상에서 가장 유연한 무용수처럼 몸의 모든 근육을 이완하고 수축하며 모든 도덕을 버렸다. 그사이에 끼어드는 이성은 침대 근처 어딘가에 있을 가장 작은 속옷 안으로 밀어 넣고 N의 태양과 그늘 속으로 빠르게 복귀했다.

N도 마찬가지였다. 침대 위에서 나의 먹잇감이 되길 완벽하게 작정한 연기자처럼 나를 악마로 만들었다. 내 고개가 미묘하게 각도를 바꾸면 부끄러움도 잊은 채 바로 자비를 구하고 절망했으며 순간적으로 내가 내놓은 모든 과제에 혈안이 되어 날 만족시키기 위해 영혼이라도 팔 것처럼 나를 원했다.

우리는 서로에게 천사이자 악마였고 서로의 몸을 연주하는 오르간이었다. 오르간의 울림은 다음 음이 시작돼도 마치 코러스처럼 남아 긴 잔향을 다 사용하고야 잠잠해졌다. 절정에 이를 때면 우리는 더없이 사악해져 손깍지 속 모든 뼈가 부서져도 상관없어졌다. 도파민이 만들어낸 흥분으로 신경이 날뛰고 세로토닌이 불안을 걷어내며 막춤을 추고 에스트로겐이 확장되어 교태를 부리며 그의 테스토스테론이 지닌 보호 본능을 툭툭, 건드린다. 죽음의 칼을 앞에 둔 무희의 마지막 춤처럼, 자아를 잃어버리는 일이 생의 최고의 목적이었던 것처럼, 정체성 따위에서 벗어나 서로를 안고 할퀴고 손으로 만져 살아 있음을 확인하고 또 확인한다. 민낯의 치열한 눈빛으로 지치지 말라고 서로를 북돋고 다그치며 호르몬의 분비가 조금이라도 감소되는 것을 용납하지 않는다. 용서의 기준을 허물고 은밀한 비밀을 오직 둘이 생산해낸다. 말이 필요 없는 세상 속에서 단말마의 무수한 모스 부호처럼 모든 소통이 가능하다는 것은 눈을 질끈 감을수록 선명해졌다.

"어머니한테 다녀올게."
내게 딱 하루 반의 시간이 주어졌다. 서른여섯 시간.

정체성을 빼앗기지 않는 최고의 방법은 사랑하지 않는 것이다. 지켜내고 싶은 것을 애초부터 단절하는 것이다. 그저 상상력에 머물거나 도망치면 아무 일도 일어나지 않는다. 하지만 그건 상처받은 이들이 가진 경험의 도표이지 가보지도 않은 자에게는 누군가 경고해도 겁먹지 않는 미지의 것이다. N의 침대에서 내 탁자 앞으로 돌아와 앉아 있는 난 이제 더는 예전의 내가 아니다. 서른여섯 시간 동안 난 무얼 할 수 있을까. 늘어지게 긴 잠을 잘 수도 있고, 논문을 위한 자료를 정리할 수도 있고, 모아둔 추리소설을 읽을 수도 있고, 곧 베를린으로 오랜 여행을 가기로 한 S를 만나서 실컷 떠들 수도 있고, 부모님에게 잠시 다녀올 수도 있다. 하지만 혹독한 불안감은 그중 어떤 것도 할 수 없게 만들었다. 연인이 생기고, 그토록 무수히 사랑을 나누고, 잘못된 건 하나도 없는데 그저 불안하고 불온하고 불순하다. 무언가.

"어서 와."

바 안에서 와인 병을 정리하던 E가 나를 보며 웃었다.

추위와 비참함에 떨다 들어왔던 이 가게는 이제 집처럼 편안하다.

"N은?"

바 앞의 의자에 앉았다.

"어머니를 만나러 갔어요."

"듀벨?"

고개를 끄덕였다.

"여기. 벨기에의 악마."

두 번째 듀벨을 잔에 따라주며 E가 말했다.

"혹시 내가 바를 하게 된 이유를 N이 말해줬어?"

"아니요."

"내 비밀을 말해줄까? 단, 한 가지만 약속해준다면."

"무슨?"

"내 얘기를 다 듣고 나한테 반하면 곤란해."

"설마요. 약속."

"난 지독한 알코올 중독자였어. 이 가게를 열기 전, 십 년 동안 밤이고 낮이고 술만 마셔댔지. 어느 날엔가 눈을 떠보니 내 몸은 어딘가에 갇혀 차가운 침대에 손발이 다 묶여 있었어. 그때 가장 먼저 느낀 감정이 뭔 줄 알아? 엄청난 분노였어. 어떤 누구도 내게서 술을 마실 자유를 빼앗아 가는 건 용서할 수 없었어. 이를 바득바득 갈며 고래고래 소리를 지르자 반은 하얗고 반은 푸른색의 옷을 입은 사람들이 권력자처럼 나를 제압하고 다시 잠들게 했어. 얼마나 그런 날들이 반복됐는지 나중에는 알 수도 없었어. 그러던 어느 날, 그들은 나를 맨정신으로 만들어놓고 누워 있는 나를 내려다보며 신이 선고를 내리듯이 말했어. 우리는 당신을 도와주려는 거예요. 당신의 몸과 정신을 지배한 알코올은 독소입니다. 그걸 우리 모두가 힘을 합쳐 빼내야 해요. 그러니 이제는 자신의 처지를 제대로 알기를 바랍니다. 당신은 다시 건강해질 수 있어요. 기가 막혔어. 나를 살아 있게 만들어준 알코올을 독소라고 모욕하다니. 그건 너희가 모르는 세상이라고 외치려는 순간 난 또다시 잠으로 던져졌어. 다시 눈을 떴을 때, 이번에는 나를 여기에 넣은 게 분명한 부모님을 불러달라며 소리를 질렀어. 내 목소리는 쉬다 못해 변성기 소년처럼 변해갔어. 나중에는 소리칠 기력조차 없어지자 어쩔 수 없이 얌전해지고 멍해졌지. 소리를 질러봤자 아무것도 달라지지 않을 거라는 여기만의 법칙을 우선은 인지하자. 탈출을 도모할 수 있는 유일한 방법은 그저 하나였어. 그들을 완벽하게 속이는 것. 내가 내 속에 있는 독소에 대해 그들 의견에 동의하는 척을 하는 것. 같은 편이라고 믿게 하는 것. 말하자면 완벽한 가면을 쓰고 모범수로 탈옥하는 것. 입안에서 모래알같이 씹히던 음식을 주는 대로 다 비우고 소리를 지르지도 않고 두 다리에 묶인 줄을 풀어줄 때는 고맙다고 인사도 했어. 그들이 바라 마지 않던 모습을 차츰 보여줬지. 야생의 짐승처럼 날뛰던 사람이 양처럼 변해가자 그들도 양이 되어 진정제의 양을 줄이며 자신들의 성과에 대해 자축하기 시작했어. 내 몸은 여전히 하얀 침대 위에 있었지만 내 정신은 전혀 다른 곳에 앉아 있었어. 내가 상상하는 여행지는 파도치는 바닷가도, 시원한 나무 그늘이 있는 평온한 공원도, 먼 이국의 카페도 아닌 어둡고 익숙한 술집이었어. 처음에는 같이 건배를 하기도 하고 서로의 이야기에 진지하게 귀를 기울이던 오랜 친구들이 있었지. 하지만 어느 순간부터 나 혼자였어. 매번 똑같은 농도의 절절함이 반복되는 나를 버텨내지 못한 거지. 당연한 일이야. 하지만 그 당시에는 내 안에 있는 커다란 원망이라는 감정에 또 원망이 붙자 타인에 대한 불신과 자신의 나약함에 대한 증오로 불같이 술을 들이부었어. 주량은 점점 늘어만 갔어. 말을 내뱉을 상대들이 사라지니 술은 본연의 알코올 자체로 내게 흡수되고 내 유일한 안주는 딱딱한 세상이었어."

마신 기억도 안 나는데 내 앞에는 빈 듀벨 병이 세 개나 놓여 있었다.

"나는 병원에서 나오자마자 수중에 있는 모든 돈을 인출해 무작정 서울에서 되도록 멀고 한 번도 들어보지 못한 연고가 없는 곳을 골라 고속버스를 탔어. 몇 시간이 지나 어둑해질 무렵 낯선 곳에 도착했어. 민박집이 드문드문 보이는 시골 마을이었어. 하지만 민박을 할 수는 없었어. 조금 더 걸어가니 작은 부동산이 보이기에 얼른 방 하나를 월세로 구했지."

그 말이 끝나자마자 손님 둘이 가게 문을 열고 들어왔다.

"죄송합니다. 오늘은 영업이 끝났습니다."

E는 간판의 조명을 껐다. 이제 바 안의 불빛만 남겨졌다.

나는 어떤 말도 할 수가 없어 눈짓으로 계속하라고 이야기했다.

"방을 잡고 근처의 작은 가게로 가서 손에 잡히는 대로 모든 술을 쓸어 담아 방으로 날랐어. 졸고 있던 가게 할아버지는 계산도 제대로 못 해서 내가 대강 더 낸 돈에 고마워하지도 않더군. 내 방 안은 나만의 술 박물관이 되었어. 몇 달 동안 가면 뒤에서 숨도 제대로 못 쉬던 내 몸과 정신은 엄청난 희열에 거의 실성할 지경이었어. 하지만 나는 아주 조심성이 강한 인간이 되어버려 안심할 수가 없었어. 당장이라도 병원 직원들이 나를 잡아갈 것 같아서, 혹시라도 미행을 당했다면 정말 끝장이니까 좀 더 신중해야 했어.

나는 다시 가게로 최대한 천천히 걸어갔어. 썩어가는 과일 몇 개를 고르고 칼이 필요하다고 하자 할아버지는 오랜 단골을 반기듯이 가게 구석에서 먼지투성이 과일칼 하나를 가져오더군. 내게 필요한 건 더 날카롭고 강한 칼이었지만 하는 수 없었지. 이제 더는 참을 수가 없어 빠른 걸음으로 방에 와서 문을 잠그고 손잡이를 가게에서 얻은 두꺼운 노끈으로 단단히 묶었어. 드디어 나의 시간이 온 거야. 과일칼로 맥주병의 뚜껑이 열리는 소리는 천사들의 청량하고 신성한 노래였고 흘러나오는 알코올 첫 김은 촉촉한 새벽 안개였고 잔으로 흘러내리는 맥주 줄기는 경이로운 폭포수였어. 난 잔을 들어 입 속으로, 목 속으로, 지친 내 영혼 속으로, 그리고 거지 같았던 가면에 감사하며 술을 마시려고 했어. 괜찮아?"

"네?"

E의 말이 무슨 소린지 모르겠다.

"나요?"

"얼굴이 창백해졌어."

"괜찮아요. 얘기해요."

E는 길게 한숨을 쉬었다.

"그런데 몸속으로 술이 들어오자마자 나는 무언가 단단히 잘못되었다는 것을 느꼈어. 내가 방금 삼킨 것들을 바로 토해내고 있었던 거야. 목구멍에 무슨 막이나 벽이 갑자기 생겨난 것처럼 말이야. 이번에는 싸구려 와인 하나를 열어 잔에 따르지도 않고 병째 들이켰어. 하지만 또 같은 현상이 반복되었어. 턱 아래로 줄줄 흐르는 붉은 와인은 핏덩어리처럼 바닥으로 뚝뚝 흘러내리고 있었어. 마치 살인을 저지른 사람처럼 얼룩덜룩해진 옷을 갈아입지도 않고 나는 소주병에 온 희망을 걸었어. 그렇게 한 시간이 넘도록 같은 짓을 반복하자 방 안에는 술 냄새가 진동했지만 난 몇 모금도 넘기지 못한 채 그저 당황스럽고 억울해서 입을 막고 소리를 질렀어. 세상의 모든 알코올들이 내게 완전히 등을 돌린 거야. 고작 몇 달을 못 참고 나를 버린 거야. 병원 직원들이 날 미행하지 않은 이유는 다른 독소를 몰래 주입했기 때문이야. 알코올에 심각한 알러지가 있는 사람으로 만들어버린 거야. 나는 병원에서 처음 깨어났을 때보다 더 절망했어. 저 무딘 칼로는 내 몸을 수백 번 찔러봤자 소용없을 게 뻔했어. 내 자유의 숨통은 이미 막힌 거지. 그래서 살지도 죽지도 못하는 나는 술집 주인이 되기로 했어. 한 모금의 술도 못 먹는, 술로 둘러싸인 술집 주인."

"도대체 왜?"

E는 딱 맥주 한 모금을 삼킬 만큼의 시간 후에 말했다.

"사랑."

"도대체 얼마나 마신 거야?"

N이 돌아왔다.

무방비로 쓰러져 있던 나는 비틀거리며 욕실로 들어가 찬물로 세수를 하고 긴 양치질을 하고 헝클어진 머리를 대강 묶고 나왔다.

"무슨 일이 있었던 거야?"

나는 고개를 저었다. 말할 힘도 없었다.

N은 갑자기 나를 번쩍 안아 침대에 눕혔다.

"어지러워요."

그 말에 화가 난 듯 N은 내 상태 따윈 아랑곳없이 나를 아주 거칠게 오래 안고 안았다.

"어머니는 어떤 분이세요?"

"내 어머니?"

N의 표정이 살짝 굳어졌다.

"그냥 평범해지고 싶어 하는 사람?"

"무슨 대답이 그래요?"

"정말로 그게 다야."

"그럼 아버지는요?"

N의 동공 속으로 뭔가 획, 하고 지나갔다.

"별로 얘기하고 싶지 않은데."

거기서 그만두었어야 했다. 하지만 그가 날 거칠게 다룰 때의 권력은 내게도 동등하게 주어져야 마땅했다.

"아버지란 존재는 원래 없었어."

내가 그의 눈을 피하지 않고 계속 바라보자 몸에 들러붙은 벌레를 떼어내듯이 말을 던졌다.

"당신이 선택해. 난 이런 이야기는 질색이야. 아직도 더 답이 듣고 싶어?"

당황으로 말문이 막힌 내 짧은 침묵은 그에게 그릇된 답이 되었다.

"좋아. 말해주지. 그전에 당신에게 말할 게 있어. 당신은 잔인해. 아니면 아직 정신은 어린 건가? 내겐 죽은 아버지도 없고 살아 있는지 모를 아버지도 없어. 그냥 처음부터 아버지가 없는 인간도 세상에 있는 게 당연하지. 표정을 보니 아직도 질문이 남은 것 같은데 한 번에 처리하자고. 어머니는 한 번도 내게 아버지란 존재에 대해 말한 적이 없고 나도 물어본 적이 없어. 이제 된 건가?"

조용히 현관문이 닫혔다.

이건 흔한 연인 간의 싸움이 아니다. 그 냉기를 견디기 위해 화를 불러냈다. 잠자리의 흔적이 가득한 침대보를 걷어내며 강의실에서 듣던 말투의 어미가 내내 들러붙어 어떤 감정을 우선시해야 하는지 알 수가 없었다. 내 평범한 질문이 그에게 상처가 되고 말았다는 건 인정해도 내가 둔하고 집요한 여자로 취급받는 것만은 도저히 견딜 수 없었다.

일주일이 지나고 N에게서 문자가 왔다.

E 가게. 0840.

E의 가게로 들어가자 빌 에반스의 'Waltz For Debby'가 흐르고 있었다. 조카를 위해 만든, 차분하게 속삭이듯 흘러나오는 연주는 부드러웠지만 내 마음은 일주일 동안 뭉친 근육으로 딱딱해져 있었다. 가게 안은 유난히 북적였다. E의 손짓에 바 앞에 있는 N을 간신히 찾아내 그 옆의 빈 의자에 앉았다.

"빌 에반스의 연주를 좋아해?"

연주가 끝나기도 전에 N이 물었다.

"좋아해요."

"달콤한 음악을 좋아하는군. 그 속내도 모르고."

N은 나와 싸우고 싶어 한다.

"알고 있어요. 빌 에반스의 친구인 리즈가 말했죠. '역사상 가장 긴 자살'이라고. 빌 에반스는 1960년대에는 헤로인에 중독되었고 1970년대에는 코카인에 중독되어 결국 생을 마감했다는 것도요."

"당신은 참 많은 것을 아는군."

지금 자신이 강의실 속의 말투를 사용하고 있다는 걸, 그는 정말 모르고 있을까.

"그저 알게 되는 거죠. 좋아하니까."

"같은 얘기 아닌가?"

"아니요. 과정이 다르죠."

"그 연구심은 여전히 마음에 들어. 하다못해 내 강의를 녹음도 했더군."

머릿속이 엉켰다.

"네, 그랬어요."

"참 당당하군."

"어떻게 알았어요?"

"지난번에 당신 집에서 녹음기 하나를 봤지."

"당신 강의가 어려워서 그랬어요. 왜, 그게 불법이라도 되나요?"

"내게는 불법이지. 그 녹음기는 당신이 제대로 처리해."

"왜요?"

"나는 내 목소리가 싫어. 세상에 무엇도 남기고 싶지 않아."

"그건 또 무슨 말이에요?"

"더? 무엇을? 어떻게? 다시 설명해줄까?"

그 순간 N이 싫다 못해 증오마저 들었다. 내 이해의 범주를 넘어섰다. 더 바닥을 보지 않기 위해 일어서서 가게를 나왔다. 예상대로 나의 팔을 잡는 N은 없었다.

가만히 녹음기를 바라본 지 한 시간이 지나도 삭제 버튼을 누르지 못한다.

"나는 내 목소리가 싫어. 세상에 무엇도 남기고 싶지 않아."

그래. N의 목소리는 그의 것이다. 동시에 내 것이기도 하다. 나는 조금 더 망설이다 서랍 속에 녹음기를 넣었다. 내일 다시 하면 된다. 버튼 하나 누르는 것은 아무 일도 아니다.

"있잖아, 내가 예전에 연극 얘기했을 때. 그러니까 「고도를 기다리며」 이야기할 때. 마지막까지 공연을 보던 남자애가 있었다는 거, 기억해?"

"혹시 그 남자애가 N이었나요?"

"응, N이야. 지금 내가 말하는 게 맞진 모르겠지만 하는 게 옳을 것 같아."

그래. 무슨 이야기인지는 모르겠지만 듣고 말자.

"나는 확실히 봤어. N은 자신의 손바닥을 흙바닥에 거칠게 비벼대고 있었어."

"네?"

"지금 생각해보니 그건 일종의 자해였던 것 같아."

"아."

"N에게 모든 걸 주지 마. 그는 자기가 무슨 짓을 하고 있는지도 모르는 어린아이나 마찬가지야."

'난 이미 N에게 모든 것을 주었어요.'

나는 부모님이 기다리는 집으로 가기로 했다. 어느새 방학의 절반이 지났다.

"어딜 가는 거야?"

일 층으로 내려와 거리로 나가는 순간이었다. N이었다.

"집에 내려가는 길이에요. 할 말이 있으면 얼른 하세요."

"얘기하고 싶은 게 있어."

"집에 간다고 했잖아요. 나중에 해요."

"진짜 얘기를 하고 싶다고."

그 말이 뭐라고 나는 다시 주저앉고 말았다.

"내가 어렸을 때 집 밖에서 가장 많이 들었던 질문은 아버지에 대한 거였어. 어른들은 그나마 뒤로 수군댔지만 아이들은 솔직했지. 내가 대답을 안 할수록 아이들은 더 끈질기게 물어보고 또 물어봤어. 지겹고 귀찮고 피곤했어. 그러던 어느 날, 학교에서 집으로 오는 길에 여자애 하나가 말을 걸었어. 예쁘장하고 상냥해서 늘 남자애들이 따라다녔지. 안녕, 하고 여자애는 웃으며 먼저 말을 걸어왔어. 뒤에서 따라오던 추종자들은 내게 더 적대적으로 굴게 분명했지. 그래서 그 여자애가 싫었어. 내가 아무 말도 하지 않자 여자애는 조금 큰 소리로 말했어. 아버지가 외국에서 일을 하신다고? 와, 멋지다. 어디야? 난 얼떨결에 대꾸했어. 미국. 그 말에 여자애가 이러더군. 미국? 우리 아빠는 미국에 가본 적도 없는데. 그럼 내일 봐, 안녕. 그 여자애가 한 무리를 이끌고 돌아서자 갑자기 누군가 내 손을 거칠게 잡아채 질질 끌고 집으로 갔어. 어머니였지. 날 보는 그 눈동자에는 경멸과 냉기가 흘렀어. 그리고 딱 한마디를 하고 방으로 들어갔어. 넌 거짓말을 참 잘도 하는구나."

N은 말이 없는 사람이다. 이렇게 길게 말을 할 수도 있는 줄 몰랐다. 난 N의 이야기에 놀라면서도 그 와중에 또 내 감정을 관찰하고 있다는 게 화가 났다.

"밤새 깨어 생각을 했어. 한 번도 제대로 마주치고 싶지 않던 문제를. 답은 내가 가지고 있지 않았지만 추리는 할 수 있었지. 그래봤자 고작 열두 살짜리 두뇌의 가동이었지만. 어머니는 어쩌면 험한 짓을 당했지만 가난해서 날 버릴 시기를 놓쳐버린 걸까. 나도 모르는 어떤 믿음으로 생명을 버릴 수는 없었던 걸까. 첫 번째 가정은 최악이나 다름없었어. 어머니조차 상대를 모를 수도 있으니까. 하지만 그렇다면 어머니가 그렇게 돈에 집착하는 것과는 맞아

떨어졌어. 동시에 늘 내게 차가웠던 시선도. 두 번째 가정에서는 그저 내 어머니는 비밀이 많은 사람이라는 것이 다였어. 어머니가 정한 법칙 중에 최우선은 저녁만은 꼭 같이 먹는 거였어. 내가 체해도, 무슨 일이 있어도, 잠자리에 들 시간이라도 우리 둘은 마주 보고 앉아 밥을 먹어야 했어."

휴대폰이 요란하게 울렸다. 엄마였다. 난 급히 욕실로 들어가 친구에게 갑자기 일이 생겨 내일은 꼭 내려가겠다고 말하고 다시 N 앞에 앉았다.

"나는 그날 이후로 손을 씻어대기 시작했어. 저녁 먹은 게 자주 체해서 거의 매일 밤 토하곤 했는데, 손에 묻은 침이 너무나 더러워 아무리 손을 씻어도 구토의 냄새는 지독하게 사라지지 않았어. 그리고 그 짓은 학교에까지 따라왔어. 학교 수업 중에도 손을 씻고 싶어져서 견딜 수가 없었어. 두 손을 다리 아래에 넣고 누르면서 얼마간은 그런대로 버텼지만 결국 화장실로 달려가 손을 씻어대고 있었어. 그 간격은 점점 더 짧아졌고 결국 어머니가 학교로 불려 왔지. 졸지에 결벽의 강박증을 지닌 아이의 편모가 된 어머니는 아주 침착하게 사과를 했지만 나에게는 전혀 화를 내지 않았고, 내 손을 살펴보지도 않았어. 그날 밤, 어머니가 잠든 걸 확인하고 난 미친 듯이 손을 씻기 시작했어. 비누가 줄어가는 게 불안하면서도 마음 한구석에서는 어머니가 내 멱살이라도 잡고 그만하라고, 멈춰주기를 바랐는지도 몰라. 하지만 어머니는 아무것도 하

지 않았어. 그래서 깨달았지. 어머니라는 인간은 내가 자청한 이
별을 묵인하기로 했다는 것을."

온몸에 찬물을 뒤집어쓴 것처럼 오한이 몰려왔다. 도대체 N의
어머니라는 인간은 어떻게 생겨먹은 걸까.

"결국은 일이 터졌어. 내 손은 건조되다 못해 비누를 잡지 못할
정도로 감각이 무뎌지더니 피부가 조금씩 괴사되기 시작했어. 저
녁을 먹다 숟가락을 떨어뜨리자 난 어머니에게 붉고 퍼런 손을 들
고 말했어. 병원에 가야 해요. 너무 아파요. 어머니는 한동안 내 손
을 보더니 응급실로 데려갔어. 내 손의 상태가 심각하다는 건 의
사 선생님의 표정으로 알았지. 내 팔에 링거가 연결되자 잠이 쏟
아졌어. 일어나 보니 어머니는 없었고 의사 선생님이 내 머리를
쓰다듬으며 말했어. 손은 차츰 괜찮아질 거야. 부탁이 하나 있는
데 괜찮을까? 난 사슴처럼 다정한 그 눈빛에 고개를 끄덕였어. 몸
의 다른 곳이 아픈지 잠시 살펴볼게. 그는 조심스럽고 부드럽게
내 환자복 안을 살피고는 다시 내 머리를 한 번 쓰다듬고 웃어줬
어. 난 그 의사 선생님이 내 아버지라면 얼마나 좋을까 싶었어."

N의 얼굴이 허옇게 질려 있었다. 난 일어나서 커피를 내렸다.
그사이에 그는 탁자 위에 얼굴을 묻고 있었다. 늘어진 그를 조심
스레 소파로 데려가 눕혔다.

"난 내 지문을 없애고 싶었어."

그 말에서는 피 냄새가 났다.

겨울은 길다. 우리는 늘 겨울 속에서 존재하는 것 같았다. 고립되었다는 즐거운 불안감을 오직 둘만이 창조해 놀 수 있는 것, 작은 방 안에서도 본능 하나로 더 깊은 구석을 찾아내는 본능보다 더한 오감 같은 것, 허연 입김을 공중에 발산하며 절대로 작은 난로 하나 켜지 않는 고집 같은 것. 그건 우리 둘 사이에 은밀한 침묵의 협상이 있었기 때문이었다. 우리는 방부제가 잔뜩 든 통조림 캔으로 가득 찬 거대한 창고를 소유한 부자를, 겨울 말고 다른 계절 자체를 알지 못하는 거짓을, 봄을 기다릴 필요가 없는 변덕이 없는 가면을 견고하게 각자 연기했다. 더, 더 추워야만 했다. 긴 겨울은 더 길어져야 한다. 그래야 오직 서로를 바라볼 수 있다. 그건 반대의 속내를 보여주는 것이기도 했다. 우리가 만든 겨울의 집은 언제든지 외부의 빛 하나로도 흩어질 것을 알고 있다는 이야기였다. 아무도 우리를 바라보지 않는데 고고하기 위해 고단해지다 결국은 고난에 처하고 말 거라는 확신은 버려도 질기게 다시 태어났다. 그것이 나만의 것인지 그도 그러한지 나는 모른다. 자신의 이야기를 털어놓은 후에 겪는 후유증 같은 시간이 길어지고 있다는 것만 추측한다. N의 휴대폰은 꺼져 있었다.

길에는 먼지를 뒤집어쓴 눈이 녹고 있었다. 시계를 보자 여덟 시 반이었다.

열흘 만에 N에게서 문자 하나가 도착했다.

E의 가게. 0840.

N은 바 앞의 의자에 앉아 있었다.

"하이."

E는 내게 인사를 하며 슬쩍 눈짓으로 N 앞의 와인 병을 보라고 했다. 와인은 반 이상 줄어 있었다.

“왔어요.”

N은 내 눈을 마주치지 않으며 말했다.

“응.”

내가 맥주 한 병을 비우도록 N은 아무 말도 없다.

“무슨 일이 있어요?”

“왜 그런 말을 하지?”

“오늘 좀 이상해요.”

“원래 난 이상하지.”

나는 기가 막히면서도 지금까지 우리가 주고받은 말들이 다 일곱 글자라는 것을 깨닫고 쓸데없이 집중하고 있다.

“그냥 좀 털어놔요.”

N이 싸늘한 말투로 바로 대답했다.

“당신은 참 집요해.”

“질문이 많아서요?”

“호기심이 넘치지.”

“사귀는 사람으로 할 수 있는 질문이었어요.”

난 먼저 7의 법칙을 일부러 깼다.

“그리고 날 끌어앉히고 이야기를 한 건 당신이었어요.”

“맞아. 내가 그랬지.”

“열흘 동안 당신은…….”

“그만. 할 말이 있어.”

내 말을 끊고 N은 처음으로 내 눈동자를 바라봤다.

"연인 관계 끝내자."

아, 또 일곱 글자다. 무성의하고 무언가 숨기는 듯한 태도에서 도출된 그가 하려던 진짜의 일곱 글자.

"이유를 말해줘요."

아, 지금 내게서 나온 문장도 일곱 글자다.

"이유 같은 건 없어."

그도 일곱 글자로 대답한다.

"더는 할 말이 없어."

"참 간단하네요."

"나 같은 건 버려줘."

"네. 버려줄게요."

나는 가방을 들고 일어나 가게 밖으로 나오다 다시 돌아가 N에게 내뱉었다.

"손이나 씻으세요."

검은 벌레들

아침에 눈을 뜨자마자 85일, 이라고 소리 내어 말해보았다. 하지만 그건 이젠 없는 현실이다. 어제로 84일간의 사랑이라는 노동은 끝이 났다. 오늘은 그저 평범하고 보통의 익명성을 획득한 새로운 첫날일 뿐이다. 무슨 고귀한 시의 구절이 귀에 박힌 것처럼 반복되는 일곱 글자가 떠나지를 않는다. 연인 관계 끝내자. 연인 관계 끝내자. 연인 관계 끝내자. 연인 관계 끝내자. 그 일곱 글자 중에 나를 가장 고통스럽게 한 것은 연인, 도 아니고 끝내자, 도 아닌 중간에 있는 하나의 단어였다. 관계. 관계, 라는 어감은 딱딱한 철근 같았다. 같은 뜻의 사이, 라는 말을 받았더라면 좀 나았을까. 어차피 같은 결론이지만 더 딱딱한 둔기에 맞은 것 같았다.

그때였다. 내 이불자락에서 검은 벌레들이 기어 다니고 있었다. 개미를 열 배쯤 부풀려놓은 듯한 검은 벌레들이 여기저기서 계속 보였다. 그들은 마치 고도의 훈련을 받은 군인처럼 일사불란하게 움직이며 영역을 넓혀갔다. 창문 밖에서 계속 집으로 들어오고 있었다. 창문을 닫자 검은 벌레 한 마리의 몸이 반으로 부서졌다. 이제 내가 미쳐가는구나. 그래. 차라리 미쳐버리는 게 낫겠다. 하지만 이렇게 생경하고 생생할 수가 있을까. 나는 다시 창문을 열고 벽을 살펴보았다. 검은 벌레들이 구십 도 각도의 벽에 붙어 올라오고 있었다. 다시 급히 창을 닫았다. 하지만 그다음에 해야 할 행동을 정하지 못해 탁자 근처까지 간신히 와서 망연히 서 있던 순간, 요란하게 초인종이 울렸다.

앞집 여자였다.

"무슨 일이세요?"

얼굴이 하얗게 질려 숨을 헐떡이고 있다.

"혹시 아가씨 집에도 검은 벌레들이 들어왔나요?"

"네? 네."

"며칠 전에 경비원한테 해충 작업이 있을 거라는 얘기를 들었는데 이게 무슨 일인지. 무슨 일을 이따위로 처리하는지. 아, 정말 벌레라면 질색인데. 근데, 혹시 아가씨 벌레를 잡을 수 있어요?"

나는 앞집 여자의 집으로 거의 끌려가다시피 들어갔다. 그 집에도 똑같은 벌레들이 기어 다니고 있었다.

앞집 여자는 호들갑을 떨며 목장갑을 건넸다. 벌레도 벌레지만 앞집 여자에게서 벗어나기 위해 나는 눈을 질끈 감고 벌레들을 닥치는 대로 잡아 변기에 넣어 내리고 또 내리다 간신히 해방되었다. 내 집으로 돌아와 똑같은 짓을 반복하며 내가 미친 게 아니라는 사실에 절망했다면 누가 믿어줄까. 변기의 버튼을 내리고 내렸다.

앞집 여자는 사흘 동안 나를 잡아끌고 자신의 집으로 갔다.

"도통 잠을 잘 수가 없어서. 어젯밤에 한 마리가 냉장고 아래로 들어가는 걸 봤어."

진짜 미칠 지경이었다.

"그래서요?"

"아니, 이웃끼리 좀 도우며 사는 거지. 참 까칠하네."

"이제 제발 그만 좀 하세요!"

내 방으로 돌아오자 갑자기 눈물이 터졌다. 한 번만 더 초인종을 울리면 진짜 목이라도 조를 것 같았다. 신경질의 눈물이 다하자 이번에는 서글픔의 눈물이 흐르기 시작했다. N은 왜 그런 이야기를 자진해서 털어놓고 다시 차가워졌을까. 어쩌면 내가 한 말을 이미 예상하고 유도한 건 아닐까. 마지막으로 가장 농도가 짙은 눈물은 심장에 다시 타격을 가했다. 그래도 넌 잔인했어. 그건 절대 변하지 않아.

검은 벌레 한 마리가 내 발 앞을 지나가고 있다. 바닥에 고인 눈물 웅덩이 앞에서 주춤하더니 그 웅덩이를 피해 어디론가 간다.

그 모습을 멍하니 그냥 지켜봤다.

"괜찮아?"

걱정이 가득한 S의 목소리에 난 삐딱해졌다.

겨우 일주일도 지나지 않았는데 S는 벌써 알고 있다. 난 말하지 않았으니 N이다. 그토록 빨리 누군가에게 보고라도 하고 싶었던 걸까.

"전 괜찮아요."

"N이 좀 전에 메시지를 보냈어. 듣고 있어?"

"네."

"내가 갈게."

"괜찮아요. 그저 하나의 연애였어요."

"무슨 소리야?"

"네?"

"연애였다니?"

"며칠 전에 헤어졌어요. N이 보낸 메시지를 받았다면서요?"

"자기를 좀 챙겨달라는 게 다였어. 난 그냥 크게 싸운 건가 했어."

N은 끝까지 날 농락하고 놀리고 비참하게 만들었다.

"헤어졌어요. 확실히."

S의 숨소리만 들렸다.

"듣고 있어요?"

이번에는 내가 물었다.

"어. 내가 갈게. 만나서 얘기하자."

"미안. 집으로 내려가던 참이에요. 다녀와서 봐요."

처음으로 S에게 거짓말을 했다. 그리고 다음 날이 S가 도서관 사서 일을 그만두고 베를린으로 오랜 여행을 떠나는 날이라는 것도 잊어버리고 있었다.

아무리 황당하고 화가 난 상황에서도 절대로 입 밖에 내선 안 될 말이 있다. 한 인간이 은밀하게 털어놓은 상처에 난 끔찍한 짓을 해버렸다. 그것이 그때의 내 본능이었다. 그냥 튀어나왔다. 차라리 나쁜 놈, 이라고 했었다면. 차라리 영혼이나 씻으세요, 라고 했었다면. 어떤 지독한 말을 끌어와도 이기고야 마는 그 말은 내 안에서 나왔다. 나는 피해자가 아니다. 지독한 가해자다. 내 입술을 뜯어내고 내 뇌 속 어딘가에 박혀 있는 악마를 꺼내 죽이고 싶어 어쩔 줄을 몰랐다. 그 일곱 마디의 말만 되돌릴 수 있다면, 내 영혼을 부숴버릴 방법이 있다면, N의 귀에서 내 말을 다시 꺼내 올 수만 있다면 영혼이라도 팔겠다며 신을 찾았다. 신은 찾아오지 않았다. 나는 타인을 공격하는 데 실은 아주 탁월하고 훌륭한 재능을 가진 인간일지도 모른다. 내가 건드린 것은 아주 어린 소년이었다. 낡은 욕실의 거울 앞에서 끝도 없이 쓰라린 손을 씻어내고 또 썼어대던. 이제 나는 어떤 입장도 표명할 수 없게 된 인간이 되었다. 자신을 불신하기에 여념이 없는 와중에 간사하게 또 용서를 받고 싶어지는 심정이 튀어나오고 몇 초 간격으로 내가 할 수 있는 최대한의 변명이 스멀거리며 기어 나와도 바로 경멸, 이라는 감정에 속해버렸다. 지옥이다. 이 지옥이 N에게 준 지옥보다 지독하기만을 바라는 것만이 유일한 내 입장이었다.

　　〈이별이야말로 우리가 지옥에 대해 알아야 할 모든 것이다.
　　- 에밀리 디킨슨〉

　쓰다 만 졸업논문을 다시 펼치자 마치 나를 더 곤경에 빠뜨리기 위해 누가 몰래 적어놓고 가버린 듯한 문장이 튀어나온다. 에밀리, 라는 예쁘장한 이름을 가진 그녀는 외부적으로는 특별한 사건 없이 살아가고 있는 듯 보였으나 내면적으로는 격렬하고 예사롭지 않은 삶을 살았다. 은둔하며 평생을 독신으로 지냈고 시간에 갇힌 인간 의식의 한계에 대해 고통스러운 역설이 담긴 시를 썼다. 논문은 아무리 애를 써도 진도가 나가지 않았다. 에밀리 디킨슨의 시를 찾아보다 〈사랑이란 존재하는 모든 것〉, 이라는 제목을 발견했다.

　사랑이란 존재하는 모든 것. 사랑이란 존재하는 모든 것. 사랑이란 존재하는 모든 것.

번역이 잘못된 게 아닐까. 사랑이란 존재하는 모든 것, 이라니 어딘가 문법에 맞지 않는다. 〈존재하는 것들의 사랑〉, 〈사랑으로 존재하는 모든 것〉, 〈모든 것에 존재하는 사랑〉.

그저 배열만 달리했을 뿐이다. 그저 어감의 각도를 조금 돌려본 것뿐이다. 그래서 내 말들에 손을 대보았다. 〈손이나 씻으세요〉에. 완벽한 문장처럼 다른 배열은 아예 불가능했다. 그저 단단한 돌덩이 같았다.

나는 저항 없이 손바닥을 위로 향한다. 무언가 따뜻한 것이 내 손으로 들어온다. 그것은 액체였고 소금 냄새가 진동했다. 고개를 들어 위를 보자 한 번도 본 적 없는 나이 먹은 여자가 눈물을 흘리고 있다. 너무나 두려워져 난 힘껏 손바닥의 눈물을 털어내려고 하지만 액체는 어느새 고형의 소금이 되어 내 손바닥에 들러붙는다. 그 소금들이 선인장의 가시처럼 손바닥의 살갗을 찌르기 시작하자 소리를 마구 지르지만 내 귀에 들리는 건 아무것도 아닌 무음뿐이다. 한참이 지나자 내 손은 원래 상태로 되돌아오고 눈앞에는 소금이 뭉친 원형의 공이 움직인다. 나는 그 공을 따라간다. 도착한 곳은 깊은 어둠이 내린 숲속이었다. 나를 인도한 그 공은 어디론가 사라지고 없었다. 숲속 한가운데 수영장이 있었다. 주위를 둘러보니 희미한 형태의 어른들이 그림자처럼 드문드문 앉아 있었다. 수영장은 음산하고 속이 전혀 보이지 않았다. 그건 어둠 때 문만이 아니었다. 더러운 물 위에는 죽은 나뭇가지들이 떠 있고 엉겅퀴를 닮은 이름 모를 줄기들이 부유하고 있었다. 그 안을 상상하기도 싫었다. 세상의 모든 불순물과 등재되지 않은 벌레들이 가득할 것이다. 손끝만 그 물에 닿아도 악마에게 끌려 들어갈 것 같았다. 여기서 나가야 하는데 내 발은 수영장 앞에서 달라붙어 움직이지를 못한다.

탁. 탁. 탁.

어른들 쪽에서 그 소리가 들리자 내 곁에는 아이들이 일렬로 나란히 서 있다.

탁. 탁.

그러자 아이들은 모두 두 손을 모아 입수 자세를 취하고 시선은 물을 향한다. 설마 저 물속으로 들어가려는 걸까. 이게 만약 꿈이라면 다른 꿈으로라도 넘어가야 한다고 생각하는 순간 혀를 차는 듯한 소리가 들렸다.

탁.

아이들과 난 물속으로 뛰어들었다. 손가락 사이에 무언가가 자꾸 엉켜오고 숨이 막히지만 입을 꽉 다물고 최대한 빨리 팔을 저었다. 눈을 떠서 옆의 아이들을 볼 수도 없다. 아, 더는 숨을 참을 수 없다. 어떻게든 자세를 바꿔 바닥을 밟고 물 밖으로 나가려고 해봤지만 입은 이미 벌어지고 있었다.

하지 못한 일, 하고 싶지 않은 일, 그리고 해야 하는 일이 생각 났다. 서랍 속에서 오랫동안 재생되지 않은 채 쉬고 있던 N의 목소리가 들어 있는 녹음기를 꺼냈다. 망치로 산산조각을 내자 N의 목소리는 비로소 영원한 자유를 얻었고 나는 침묵을 얻었다.

기다란 빵을 자르듯이 한 시절의 시간을 잘라

투명한 병에 넣었어요.

그리고 아무도 없는 세상을 찾고 싶었지만

그럴 만한 힘이 없어.

특별하지 않은 어느 밤과 새벽 사이에,

춥지도 덥지도 않은 온도 사이에,

독립적인 홀수와 볼이 가득 찬 듯한 짝수 사이에,

우리를 해방시켰어요.

몽유병에 걸린 사람처럼.

의식 없이.

정확히 의식을 행했어요.

잡지 출판사 업무는 정말이지 끝도 없었다. 특히 마감 때면 집에 돌아갈 시간도, 여력도 없다. 거의 칠 년을 좁은 책상 근처에서 생존하고 있다. 꼭지 하나에 목숨을 건 신입이나 경력을 줄줄이 달고 있는 연차나 시간 앞에서는 똑같았다. 마치 인류의 생존이라도 걸린 전시 상황의 전사들 같았지만 실은 다른 잡지사보다 한발 먼저 유행을 분석하고 유명 컬렉션의 신상품을 낚아채고 시도 때도 없이 걸려오는 빡빡한 광고주의 전화를 받고 일류 모델들의 일정을 조정하는 자들의 세상이다. 매달 기적 같은 난산 끝에 한 권의 잡지가 나오면 또다시 시작과 반복이다. 베를린에서 보내온 S의 카드가 없었다면, 엄마가 보내준 미역국이 없었다면, 아빠의 전화가 없었다면 몰랐을 서른하나의 생일에 난 안과에서 검사를 받고 있었다. 글자에 혹사당하는 직업이다 보니 출판사 직원들 모두 안구건조증을 달고 있었고 시력은 경력에 비례해서 나빠져 갔다. 처방받은 안약을 가방에 넣고 집에 들어와 미역국을 데워 먹고 소파에 누워 뉴스를 보다 알람을 확인하고 불을 껐다.

알람이 울리자 나는 기계처럼 일어나 전쟁터로 돌아가기 위해 우선 욕실로 들어가 뜨거운 물을 틀었다. 샴푸로 머리에 거품을 내기 시작하는데 전화가 울렸다. 집 전화는 필요 없었지만 그래도 위급 시에는 집에 전화기가 있어야 마음이 놓인다는 엄마의 잔소리에 그냥 놔둔 것이었다. 어쩌다 전화가 와도 무작위로 건 상업성 전화가 전부였다. 샴푸는 두피 위에서 풍성해졌고 전화는 열두 번이 울리다 끊겼다. 하지만 몇 초도 지나지 않아 또 전화벨이 우렁차게 울리기 시작했다. 무시하려고 했지만 이미 짜증이 나기 시작한 신경은 숫자를 세고 있다. 이번에는 열세 번이 울리고서야 끊겼다. 그리고 다시 전화벨이 울리자 어쩌면 휴대폰을 받지 않아 엄마나 아빠가 집으로 전화를 한 게 아닐까 싶어 덜컥 겁이 났다. 수건으로 대충 머리를 감싸고 전화를 받았다.

"네."

막상 수화기 너머에선 말이 없다.

"여보세요."

머리에서 흐른 샴푸 액이 눈으로 들어오고 벌거벗은 몸 여기저기에 묻고 바닥으로 떨어진다.

"여보세요. 말씀하세요!"

뭐야. 전화기를 내려놓으려는 순간 목소리가 들렸다.

"저, J씨 맞나요?"

"네, 그런데요."

전혀 들어본 적 없는 목소리가 내 이름을 알고 있다.

"말씀하세요. 무슨 용건이시죠?"

이러다가는 지각이다.

"누구시죠? 제가 지금 좀 바빠서요."

"혹시 N을 기억하나요?"

나는 머리가 멍해졌다.

"저는 N의 엄마 되는 사람입니다."

저녁 여덟 시. 카페 사막.

출판사 근처의 카페다. 이곳에서 보자고 한 건 내가 아니다. 샴푸가 흘러 눈을 따갑게 하지 않았다면, 전화벨이 백 번을 울려도 무시했다면, 엄마 몰래 전화기 선을 빼놨었다면 어땠을까. 결국은 같았을 것이다. 그 불쾌한 기분 속에서 내가 건넬 질문만 챙기며 카페로 들어갔다. 어떻게 내 집 전화번호를 알고 있는 건지, 내 직장을 어떻게 알고 여기에서 만나자고 했는지. 질문이 더 많아야 하는데 그게 전부였다.

사막의 문을 열고 들어갔다. 점심시간에 종종 들러 커피를 마시던 곳이었는데 한 번도 이곳의 이름이 왜 사막, 인지에 대해서는 생각해본 적이 없다는 걸 깨달았다.

"제가 N의 엄마입니다."

N과 전혀 닮지 않은, 이제 막 노년의 초입에 들어선 여인이 날 알아봤다.

"네, 처음 뵙겠습니다."

그녀는 내 앞에 커피잔이 놓인 후에도 한참 동안 말이 없었다. 준비한 질문 두 개를 건너뛰었다.

"왜 저를 보자고 하셨는지."

"그 애는 내 유일한 자식이었어요."

그게 첫마디였다.

"그 애는 아버지 없이 자랐지요."

"알고 있어요."

"그 애는 아주 어렸을 때부터 모든 결핍에 노출되었어요."

"잠시만요."

"어린 사람이 말을 끊는 건 좀 그렇네요."

기가 막혔지만 어쨌든 나보다 한참 연장자이니 간신히 참았다.

"절 보자고 한 이유를 알고 싶다고 말씀드렸어요."

"그 애는 아마 당신에게 먼저 헤어지자고 했겠지요?"

어쩐지 그 말에는 고소하다는 뉘앙스가 배어 있었다.

"네, 그랬어요. 오래전의 일이죠."

나는 일부러 오래전이라는 말을 슬쩍 끼워 넣어 거북한 감정을 돌려서 드러냈다. 도대체 무슨 이야기를 하고 싶은지 감도 잡히지 않는다. 그저 빨리 집으로 돌아가 머리를 다시 감고 샤워를 하고 싶을 뿐이었다. 칠 개월도 아니고 칠 년이나 지나 이게 무슨 일인가.

"그 애가 왜 헤어지자고 했나요?"

"모릅니다."

"어떻게 모를 수가 있어요? 나는 그 이유를 알아요. 궁금하지 않아요?"

"아니요. 궁금하지 않아요. 안다 해도 이미 지난 일입니다."

내 말이 끝나자마자 그녀가 갑자기 카페 주인을 향해 손을 들고 큰 소리로 말했다.

"여기요! 찬물 좀 줘요!"

몇몇 손님이 따가운 시선을 보냈다.

찬물을 반쯤 들이키더니 손으로 입가를 거칠게 닦았다.

"참 차가운 사람이네요."

"제가요? 무슨 말씀인지 모르겠네요."

"내 아들을 망쳐놓고 버림받은 이유도 안 궁금하다니까."

"제게 진짜로 하시고 싶은 말씀만 하세요."

N의 어머니라는 사람의 입꼬리가 묘하게 비틀렸다. 그리고 두 손은 냅킨 한 장을 찢어대다 뭉치다가 또 잘게 찢어대고 있었다.

　　"그 애는 오 년 전에 세상을 떠났어요."

　　"네?"

　　갑자기 소름이 돋아 나도 모르게 두 팔을 감싸 안았다.

　　"날 고통스럽게 하는 방법을 잘 알았죠, 그 애는."

　　"잠시만요. N이 죽었다고요?"

　　"더한 배신이 없지. 스스로 목숨을 버리다니."

　　"N이 자살을 했다고요? 왜요?"

　　손이 바들바들 떨리고 숨쉬기가 힘들어진다.

　　"이유를 대자면 하나는 나를 배신하기 위한 반항이고 하나는 아마도 J양 때문이겠죠?"

　　그 말에 내 손은 그녀의 뺨을 후려갈기고 싶어 더 떨리기 시작했다. 이 여자는 괴물이다. 진짜 N의 어머니든 아니든 과거에서 툭 튀어나온, 뭐라고 이름 지을 수 없는 그저 기묘한 인간이다.

　　"저 때문에 N이 죽음을 선택했다는 말은 무슨 뜻이에요? 유서에 제 이름이라도 있어 이렇게 절 찾아낸 건가요?"

　　"그 애를 정말 모르는 건 확실하네. 유서를 남길 인간이 아니잖아."

　　갑작스럽게 반말이 시작되었다.

　　"그 애는 결국 아버지를 찾아내 만났던 게 틀림없어. 웃기는 일이지."

"N이 아버지를 만났다고요?"

결국, 이라는 말은 많은 뉘앙스를 포함하고 있다. 그건 N이 계속 아버지의 존재를 염두에 두고 있었다는 것이고 찾아내, 라는 말은 N이 먼저 움직였다는 뜻이었다.

"N이 아버지를 만나면 안 되는 특별한 이유라도 있나요?"

그 말에 내 앞의 여자는 갑자기 흥분해서 반말로, 나라는 존재가 아예 없는 것처럼 언성을 높여 말을 내뱉기 시작했다.

"그 애는 외모에서부터 정신까지 모든 걸 그 인간만 쏙 빼닮았어. 그 집안의 피들은 다 자유만 찾지, 도통 세상과 어울리는 법따위는 모른다고. 그 집안 것들은 죄다 매일 책만 파고 정작 실질적인 노동은 거의 해보지도 않았어. 마치 자신들은 그렇게 살아도 된다고 신에게 허락받은 것처럼 나른하고 비현실적이지. 하지만그 주변 사람은 미칠 지경이 된다고. 이상주의자들이 흐느적거리며 몽상에 잠겨 책장을 넘길 동안 나는 똑같은 손으로 식당 일을하고 남의 집 살림을 했어. 그래. 물론 내가 일할 필요는 없었어. 돈은 물처럼 넘쳐났지. 대대로 물려지던 유산은 어떤 이유인지 몰라도 늘어만 갔어. 그들 중에서 난 유일하게 노동의 신성함을 아는 사람이었어. N이 태어나고 일 년이 지나도록 그중에 아무도, 하다못해 아버지란 인간도 N의 존재를 모르는 것 같았어. 그래서난 일 년을 더 참다가 책만 들고 널브러져 있는 인간들 속에서 N

을 키울 수 없다고 결심했어. N을 데리고 떠나겠다고 말해도 N의 아버지란 인간은 술과 책에 취해 말리려는 시늉조차 하지 않았어. 내가 제일 후회한 게 뭔 줄 알아? 그놈들이 예술이랍시고 붙잡고 있던 것들을 홀랑 태워버리지 못한 거였어."

내 커피잔에 침이 튀었다. 일어나서 나가야 한다. 저 미친 여자의 말을 더 들을 이유가 없다.

"난 N을 보통의 성실하고 강하고 현실적인 남자로 키우려고 했어. 적어도 그 애 피의 반은 내 거니까 그래도 희망이 있었지. 난 N을 등에 업고 닥치는 대로 온갖 일을 했어. 즐거운 고생이라고 믿었어. 하지만 어느 날 저녁, 집으로 가는 언덕길을 힘들게 올라가는데 갑자기 갓 세 살이 좀 넘은 N이 내 등에 업힌 채 무슨 말을 중얼거리기 시작했어. 그건 동네 간판들의 이름이었어. 나도 모르는 사이에 N은 글자를 익힌 거야. N을 등에서 내려놓고 바로 앞에 있던 전봇대에 붙어 있는 광고지를 가리키자 N은 거침없이 말했어. 막힌 하수구를 뚫어드립니다. 그리고 천진한 눈으로 나를 올려다보며 말했어. 엄마, 하수구가 뭐야? 그때, 내가 얼마나 절망했는지 아무도 몰라. 그래. 언젠가는 그 애도 글을 읽겠지. 하지만 보통 아이들보다 빨라도 너무 빨랐어. 나는 그 애의 관심을 돌리려고 빠듯한 생활비를 쪼개 장난감 자동차를 사주고 또래 아이들이 좋아하는 것들을 손에 쥐여줬지만 그 애는 늘 시큰둥했지. 그래도 난 희망을 품고 장난감 자동차를 바닥에 대고 그 애에게 굴려 보냈어. 그런데 손을 대기는커녕 고개를 홱 돌리더라고. 그 후로는 그 애에게 아무것도 사주지 않았어. 그런 그 애가 다섯 살이 되자 내게 책을 사달라고 처음으로 졸라대기 시작했어. 그 애가 원한 건 내가 아니라 글자였어. 내가 책을 사주지 않자 한번은 길거리에 버려진 신문지를 집에 들고 와서 읽더라고. 신문은 어른들이 읽는 거야 하고 혼냈더니 그 애는 이제 대놓고 반항을 하기 시작했어. 엄마는 이상해! 난 그 애에게 동네 놀이터에 가서 놀라고 소리를 쳤어. 그 애는 싫어! 책을 읽고 싶어! 하고 울다가 결국 놀이터로 갔지. 난 창가에 서서 그 애를 지켜봤어. 놀이터에서 다른 아이들은 서로 그네를 타려고 다투기도 하고 저녁을 먹으려고 데리러 온 엄마에게 조금만 더 놀겠다며 철봉에 매달려 버티기도 했어. 근데 그 애는 흙 위에 뭔가를 적기 시작하더라고. 난 맨발로 달려 나갔어."

N의 어머니는 갑자기 숨을 헐떡이더니 가방 안에서 천식에 사용하는 것 같은 기구를 꺼내 코와 입에 번갈아 갖다 대 들이마시고는 다시 이야기를 시작했다.

"책. 책. 책. 그 애는 겉으로만 내게 복종한 거야. 고작 다섯 살짜리가. 내가 그 유령 같은 집안에서 그 애를 꺼내온 이유를 그 애가 물거품으로 만들었어."

나는 그제야 진짜로 깨달았다. N이 가진 불행의 진짜 근원을. 갑자기 정신이 들었다.

"그런데 왜 N을 자꾸 그 애, 라고 하는 거죠?"

"그게 뭐 거슬리기라도 하나?"

"그 애, 라는 지칭은 타인에게나 하는 표현 같아서요."

N의 어머니는 나를 뚫어지게 보더니 한마디를 던졌다.

"역시나. 아가씨도 예술을 제법 하네."

그 말을 끝으로 N의 어머니는 결혼을 반대하는 시어머니 같은 얼굴로 가방 안에서 쪽지 하나를 꺼내 내 앞에 던지고 나갔다. N의 어머니란 인간이 방금 전까지 앉아 있던 자리의 벽에 걸린 사막 사진이 날 뚫어지게 바라보고 있다. 아무것도 담아내지 못한 텅 빈 눈동자처럼.

"내 이럴 줄 알았다."

엄마는 텅텅 빈 냉장고에 반찬들을 넣으며 눈을 한껏 흘겼다.

내 귀에는 여전히 그 애, 그 애, 그 애, 가 흐르다 N이 세상에 없다는 종착점에 부딪히면 견딜 수가 없어 다시 돌아 나와 그 애, 그 애, 그 애, 라는 곳에 머물러 있다.

"뭐라고?"

"얘가 정신이 나갔나. 몇 번을 물어봐? 무슨 일이 있냐고!"

"아니. 없는데."

"근데 왜 그래?"

"뭐가?"

"정신이 나간 애 같다고."

"그냥 일이 좀 많아 피곤해서 그래."

"그러게 관두라니까."

엄마는 어느새 침대보를 벗겨 욕조 안에 넣고 있다.

"무슨 엄마가 일을 관두래? 돈 벌어야지."

엄마는 세제를 뿌린 후 양말을 벗고 욕조 안으로 들어갔다.

"아 그냥 세탁기로 돌리면 되는데. 무릎도 안 좋다면서. 짜증 나게 왜 그래?"

"시끄러워."

나도 양말을 벗고 욕조로 들어갔다.

"엄마, 나는 몇 살 때 처음 글을 읽었어?"

"유치원에 다닐 때였으니까 한 여섯 살인가. 아, 넌 초등학교 들어갈 때까지 받침 있는 글자는 못 읽었어."

"그래?"

"응. 그래도 공부는 곧잘 해서 백 점도 많이 받아 오고."

"그때, 기뻤어?"

"그럼, 당연히 좋았지. 네 아빠는 백 점을 받아 올 때마다 우리 딸은 천재야, 하며 입이 귀에 걸렸지."

그랬다. 어렴풋하긴 하지만 내 어릴 때의 풍경들은 대체로 평온하고 너그러웠다.

"엄마, 엄마는 살면서 잊을 수 없는 죽음이 뭐야?"

내 말에 엄마의 표정이 굳어졌다.

"왜? 네 주변에 무슨 나쁜 일 있어?"

"아니, 그냥."

"네 외할머니가 돌아가셨을 때였지. 넌 어려서 기억을 못 하겠지만. 원래 지병이 있어서 어느 정도 마음의 준비를 하고 있어서 그랬는지, 장례를 치르는 동안은 마치 이미 몇 번이나 연습한 듯한 광경 속에서 그저 해야 할 일을 처리하는 것 같았어. 그러다 장지에 모시고 집으로 돌아오니 억장이 무너지더라. 나는 이제 엄마가 없구나. 엄마가 없구나. 그런데 옹알거리는 네가 날 보며 웃으니까 또 살아갈 힘이 나더라."

"엄마. 있지, 내 얘기를 듣고 내 기억이 맞는지 말해줘."

"뭔데?"

그날은 열한 살의 어린이날이었다. 어디를 가고 싶은지 부모님이 묻자마자 나는 바로 백화점이라고 대답했다. 백화점 입구에서 당당하게 분홍색 풍선을 골라 받아 들고 흥분한 아이들로 가득한 백화점 안으로 들어갔다. 정작 무얼 갖고 싶은지도 모르면서 내 마음을 사로잡을 것들을 찾아다니고 엄마와 아빠는 내 뒤를 따라다니느라 정신이 없었다. 에스컬레이터를 타고 이 층으로 올라가고 또 삼 층으로 올라가도 마음에 드는 물건은 없었다. 날 잃어버릴까 손을 꼭 잡고 있던 엄마와 아빠의 손이 삼 층에서 사 층으로 올라가는 에스컬레이터 앞에서 갑자기 떨어졌다. 부모님은 내가 모르는 사람들과 인사를 하더니 내 손을 끌고 비상계단 쪽으로 가서 그들과 조용하게 속삭이듯 이야기를 하기 시작했다. 그리고 내 또래의 한 여자애가 있었다. 그렇게 예쁘게 생긴 애는 처음 봤다. 그 애의 손에는 풍선도 없었고 토끼 귀 모양의 머리띠도 없었다. 하지만 발레리나 같은 치마를 입고 허리까지 오는 긴 머리는 끝에서 둥글게 말려 있었고 반짝거리는 굽이 달린 은빛 구두를 신고 있었다. 게다가 작은 귀 양쪽에는 보석이 박혀 있었다. 다른 세상에서 온 공주님이었다. 어른들이 말을 나누는 동안 몇 번 눈이 마주치긴 했지만 그 여자애는 새침한 표정으로 고개를 돌려버렸다. 어른들은 서로의 팔을 잡으며 여러 번 고개를 끄덕이고 나서 헤어졌다.

"이제 가자. 아는 분을 만나서 인사 좀 하느라고."

그 말을 하는 엄마의 눈시울이 붉어져 있었다.

"구두를 살래."

왠지 짜증이 나서 엄마의 손도 놓아버렸다.

온 백화점을 다 뒤져도 그 애가 신은 구두는 어디에도 없었다. 그나마 비슷하게 생긴 구두를 신어봤지만 어떤 것도 마음에 차질 않았다. 똑같은 구두는 없다. 신경질적으로 우는 날 데리고 집으로 돌아오면서도 부모님은 말이 없었다.

"정말 밥 안 먹을 거야?"

"안 먹는다고!"

"그럼 먹지 마."

나는 그 반응에 놀라고 서럽고 화가 나서 저녁 내내 울다 잠들었다.

다음 날 아침, 엄마가 무서운 표정으로 나를 식탁에 앉히고 말했다.

"너, 지금 몇 살이야?"

엄마는 진짜로 화가 나 있었다.

"왜?"

"왜 그렇게 짜증을 부린 건지 말해봐."

"어제 아무것도 안 사줬잖아."

"우린 네가 원하는 구두를 찾기 위해 몇 시간이나 백화점을 돌았어. 너는 다 싫다고 했고. 맞지?"

나는 할 말이 없어서 입만 삐죽거리다 결국 털어놓았다.

"난 그 여자애랑 똑같은 구두를 갖고 싶었단 말이야. 그 애는 머리도 길고 귀걸이도 했어. 엄마는 다 못 하게 하잖아."

"그게 그렇게 부러웠어?"

그 말에 나는 부당한 일을 당한 사람처럼 서럽게 울기 시작했다. 그래도 엄마는 꿈쩍도 하지 않았다. 한참 그런 날 보다가 낮은 목소리로 말했다.

"그 애는 며칠 전에 친오빠를 잃었어."

"어?"

"몇 년간 아프다가 하늘나라로 갔어."

나는 잠시 멍해졌다. 하지만 도무지 이해할 수가 없었다.

"그런데 어떻게 백화점에 와서 쇼핑을 할 수가 있어? 너무 이상한 거 아니야?"

엄마는 깊은 한숨을 내쉬며 내 손을 잡고 부드럽게 어루만졌다.

"엄마는 너를 혼내는 게 아니야. 지금은 이해하기 힘들겠지만 네가 어른이 되면 알게 될 거야. 남겨진 자들이 할 수 있는 게 별로 없다는 걸. 슬퍼하는 사람을 질투하는 건 아주 옳지 않은 일이야."

"어떻게 그걸 기억하고 있었어?"

"진짜 있었던 일 맞아?"

"맞아. 그 부부와는 같은 교회를 다니며 친해진 사이였어. 늘 딸아이를 데리고 뒤에 앉아 조용히 예배만 보고 돌아가고는 했지. 그러다 교회에서 바자회가 열렸는데 그 부부가 내놓은 물건들은 한눈에 봐도 너무나 값비싸고 귀한 것들이었어."

"그래서?"

"잠시 교인들끼리 서로 눈치를 보다가 결국은 그 물건들을 싼 값에 차지하려고 몰려들었어. 바자회가 아니라 거의 교인들의 경매장이 된 거지. 진심에서 비롯된 호의는 철저히 변질되고 욕망에 눈먼 인간들만 바글거렸어. 그 부부는 정말 난처해서 어쩔 줄 몰라 했지. 그 북새통 속에서 한 남자가 뭐 하는 거냐고 소리치며 그 부부를 데리고 나왔어."

"그 남자 멋지다!"

엄마는 피식, 웃더니 욕조 밖으로 나와 발을 닦았다.

"그 멋진 남자가 네 아빠야."

"진짜?"

"우린 그 부부를 집으로 데려왔어. 그리고 얘기를 나눴어. 열네 살 먹은 아들이 백혈병으로 투병 중이라는 걸 그때 알았지. 그들은 오래 머물지도 못했어. 엄마는 딸에게, 아버지는 병원의 아들에게 가야 했으니까. 그날 밤, 아빠와 의논해서 다른 교회로 옮기기로 했어. 그리고 며칠 후에 병원에 가서 무균실의 비닐 막 안에 있던 아들을 봤어. 멀리서도 참 예쁜 아이였지."

"그리고?"

"그리고 일 년쯤 지난 후, 그날, 우연히 백화점에서 만나 소식을 들은 거지."

"무슨 얘기를 나눴어?"

"그런 일에 무슨 말을 하겠니. 자식 잃은 부모에게. 그냥 서로 손만 꼭 잡았지."

하룻밤을 자고 엄마가 내려간 뒤 정신없던 집은 말끔하게 변해 있었다. 나는 베란다에 널어놓은 이불을 걷다 말고 뛰어 들어와 휴지통을 열었다. 그러나 아무것도 없었다.

"엄마! 혹시 내 휴지통 쓰레기 버렸어?"

"응. 가득 찼기에. 왜? 뭐 중요한 걸 잃어버렸어?"

"아니야. 우선 전화 끊어."

나는 잠옷 바람으로 밖으로 뛰어나갔다. 이 동네는 밤 아홉 시면 쓰레기 수거차가 와서 폐기물을 가져간다. 쌓여 있는 쓰레기 봉투들 중에 내 것을 찾아내자 골목으로 들어오는 수거차가 보였다. 나는 쓰레기봉투 안에서 구겨진 쪽지 하나를 구해내고 녹음기가 있던 서랍에 넣고 수면제 한 알을 삼켰다.

칠 년 넘게 다닌 출판사에 결국 사직서를 냈다. 그냥 건강상의 문제라고 둘러댔지만 실은 갑작스럽게 찾아온 난독증 때문이었다. 확실한 증상은 은행에서 시작되었다. 의자에 앉아 내 차례를 기다리다 습관처럼 잡지를 들고 넘기는데 글자가 흐릿해지고 옷의 가격을 표시해놓은 숫자가 이해할 수 없는 외국어처럼 느껴졌다. 패션 잡지의 글자는 원래 작다. 그래서 커다란 글씨로 쓰인 잡지를 가져왔지만 똑같았다. 읽히지 않은 건 둘째 치고 어떤 글자도 이해할 수가 없었다. 난 문자의 세상에서 서서히 배척당하고 있었다. 내 뇌의 눈은 이제 너무 지쳤다며 문을 닫아버리고 있었다. 서서히, 그리고 갑작스레.

밤이 오면 간신히 방을 나와 동네를 산책했다. 간판 조명이 꺼진 거리를 하염없이 걸었다. 잃어버린 뇌의 시력을 기다리며, N의 죽음을 받아들이거나 혹은 거부하기 위해, 그리고 앞날을 생각하지 않기 위해 걷고 또 걸었다. 내가 너무 중요한 것을 빨리 탕진했다고, 소모했다고, 아끼는 법을 몰랐다고 혀를 차는 소리가 커질수록 더 빨리 걸었다. 무서운 가정을 하지 않을 수 없다. 만약에 다시는 글자를 못 읽게 되면 난 정말 어떡하나. 극도의 불안감을 품은 질문을 모른 척하려 밤하늘의 달에 시선을 돌려보지만 달조차 가분수 모양으로 떠 있다. 한 달이 지나고 두 달이 지나고 있다. 내 상태를 숨기기 위해 거짓말이 늘어간다. 아무에게도 말할 수가 없다. 문자메시지 하나 보낼 수가 없다. 아니, 아주 노력하면 할 수는 있다. 글자의 모양을 잊은 건 아니니까. 하지만 그러고 나면 커다란 그림 하나를 그려낸 것처럼 몸과 마음이 물에 젖은 종이마냥 너덜거렸다.

부유하는 시간을 가장 많이 가진 부자, 밤에만 유령처럼 움직이는 치밀한 도둑, 지안(智眼), 지혜의 눈, 이라는 뜻을 가진 내 이름을 스스로 무참히 말살하는 혁명가, 맥주의 라벨을 보고 어떤 선택도 할 필요 없이 손에 잡히는 대로 마시고 만족하는 긍정적인 협상가, 한 사람 분량의 소음을 줄여주는 친환경주의자, 지구가 도는 데 아무 공헌도 하지 않는 철저한 개인주의자, 그리고 서랍

안에 들어 있는 쪽지를 읽을 수 없는 재능을 받은 행운아. 난독증은 내게 넉넉한 가면들을 공짜로 기부해주었다.

장마의 첫날이었다. 낮에도 방 안이 밤처럼 어둑해서 조금 잠을 잤다. 일어나 커피를 마시며 유리창에 흘러내리는 빗줄기를 바라보았다. 오늘 산책은 접어야 할 것 같다. 습기에 뿌옇게 변한 창을 손바닥으로 훔치니 밖이 보였다. 사람들이 보이지 않는다. 산책하고 싶다. 바로 그 순간이었다. 뜨거운 커피가 손을 타고 흐르고 화끈거렸지만 그런 건 상관없었다. 유리창에는 두 글자가 쓰여 있었다. 산책. 믿을 수 없다. 나는 책장에서 아무 책이나 꺼내 한 장을 아무렇지 않게 읽어냈다. 그리고 알파벳을 A부터 Z까지 쓰고 가나다라를 쓰고 미친 사람처럼 입을 막으며 소리를 지르며 춤을 췄다. 눈물이 장마의 빗줄기처럼 줄줄 흘렀다. 처음 문명의 세상으로 들어선 깨달음의 환희가 이럴까. 시력을 잃은 사람이 각막을 얻어 눈을 떴을 때의 기분이 이럴까. 평생을 사막에서 살던 사람이 바다를 처음 봤을 때의 감동이 이럴까. 나는 다시 세상의 어엿한 일원으로 허락을 받았다. 파산되고 다시 복구되었다. 버려지고 다시 안겨졌다. 취소당하고 다시 입력되었다. 내 병과의 이별을 앞에 두고 한참을 신나게 울었다.

다음 날, 나는 힘껏 서점의 문을 열고 들어갔다. 일자리부터 알아봐야 했지만 얼마 동안은 그저 글자에 파묻혀 즐기고 싶었다. 내가 시간을 들여 고른 책은 비스와바 쉼보르스카의 『끝과 시작』, 딱 한 권이었다. 마음 같아서는 열 권이라도 사고 싶었지만 지금 내게 가장 합당한 책은 이것이다. 게다가 내 방에는 그녀의 『충분하다』가 있다.

　낮의 산책은 너무 오랜만이라 기분이 들떴다. 그래서 밤에 늘 걷던 길 대신에 다른 골목으로 들어가 걷기로 했다. 작은 골목들 안에는 특별한 건 없었다. 보통의 주택. 보통의 마당. 보통의 널려 있는 빨래들. 골목을 돌아 나오려는데 간판 하나가 보였다. 꽃. 꽃집이 있구나. 작은 화분 하나를 사볼까 싶어 가까이 다가가자 가장 먼저 보인 건 꽃보다 꽃집 벽, 흰 플라스틱 바구니 안에 있는 구인 광고지였다. 하지만 어제 내린 비에 젖어 광고지는 탈을 만드는 반죽처럼 종이 뭉텅이가 되어 있었다.

　"혹시 일이 필요하신가요?"

　나는 깜짝 놀라서 손에 든 책을 놓칠 뻔했다.

　"네?"

　꽃집 입구에 한 중년 여자가 서 있었다.

　"구인 광고지를 보고 있는 거 같아서요."

　"아, 아니에요."

　여자의 말투가 어쩐지 사나워 화분을 살 마음도 사라졌다.

"구인 광고지에는 제대로 된 일이 없어요."

"네?"

"일을 하나 제안할까 하는데."

갑자기 반말이다. 순간 N의 어머니가 떠올라서 몸서리를 쳤다.

그래. 나는 어엿한 성인이다. 이상한 사람을 만나도 대처할 수 있다. 누군들 N의 어머니보다 더할까.

"무슨 말씀인지?"

나도 말끝을 일부러 잘랐다.

설마, 서른 중반이 되어가는 나이에, 화장기 없는 얼굴에, 아무렇게나 위로 묶은 머리에, 운동복 차림을 한 여자에게 술집을 소개하지는 않을 것이다. 미친 여자가 아니고서는.

그 여자의 말이 끝나고, 이 분 정도가 흐른 뒤에 나는 그 제안을 수락했다. 어쩌면 내가 진짜 미친 여자인지도 모르겠다.

사흘 후, 첫 번째 일이 시작되었다.

꽃집에 잠시 들러요.

꽃집 여자 n의 문자를 받고 가니 배낭 하나를 내밀었다.

"이게 필요할 거예요."

내가 붕어처럼 입을 벌리는 순간을 낚아채 또박또박 말했다.

"우리 일에는 질문이 없다는 게 가장 중요하다는 걸 잊지 마세요."

"그럼 가볼게요."

택시 안에서 배낭을 열어보자 그 안에는 헤드 랜턴과 목장갑과 포대 여러 개와 일회용 마스크와 생수 세 병과 초콜릿 바 세 개가 들어 있었다. 내가 가야 할 곳이 한밤의 산행인가. 아니면 동굴 탐험이라도 해야 하는 건가. 갑자기 덜컥 겁이 났다. 하지만 이십여 분을 달려 도착한 곳은 그저 평범한 주택가에 있는 집이었다. 꽃집 여자가 도착하면 보라고 했던 쪽지를 얼른 펴 보았다. 쪽지 안에는 작은 열쇠 하나가 테이프 안에 붙여져 있었다.

〈모든 물건들을 정중히 대할 것. 종류별로 정리해 포대에 넣어둘 것. 그리고 어떤 물건도 사적으로 가져가지 말 것.〉

열쇠로 집을 여는 순간, 믿을 수 없는 광경이 눈앞에 펼쳐졌다. 거대하고 틈새 하나 없는 산이 방어막처럼 모든 시야를 차지하고 있었다. 그게 다 신발이라는 것을 깨닫기까지는 시간이 걸렸다. 현관 안쪽은 볼 수조차 없었다. 포대를 꺼내다 팔꿈치가 어딘가에 닿자 내 머리 위로 신발이 돌덩이처럼 쏟아져 내렸다. 이러다가는 신발에 깔려 죽을 것 같았다. 목장갑을 끼고 내 키보다 더 높은 신발들의 무덤을 망연히 바라보았다. 그래. 우선 눈에 띄는 신발부터 캐내기로 했다. 빨간 하이힐 한 짝을 꺼내니 또 산이 출렁였다. 노란색 운동화와 보라색 슬리퍼 하나를 끄집어내 등 뒤의 포대로 던지자 벌써 기운이 다 빠졌다. 물을 마시고 헤드 랜턴을 이마에 걸친 채 한참 씨름을 하자 처음으로 빨간 하이힐의 짝이 맞춰졌다. 그렇게 결국 신발들에게 서로 잃어버린 짝을 찾아주고 포대에 넣었다. 굳이 시간을 볼 필요도 없었다. 새벽빛에 헤드 랜턴을 껐다. 그리고 신발들이 사라진 후 모습을 드러낸 다음 장면은 아직도 내 일이 끝나지 않았다는 걸 말해주고 있었다.

저장 강박증.

저장 강박증은 쉽게 말하자면 무조건 물건을 저장하는 일종의 마음의 병이다. 단지 집 안의 물건을 버리지 못하는 데 그치지 않고 외부에서도 물건을 들여와 끌어안고 있어야 하는, 소비와는 반대편에 있는 감정이다. 하지만 단순한 수집이 아니다. 물건의 가치나 필요와는 상관이 없다. 지극히 감정적인 영역이다. 밖에서 버려진 물건을 버림받은 존재로 인식하는 것이다. 누군가는 낮은 천장에도 숨을 쉬지 못하고 또 누군가는 요새를 구축해 그 안에서만 안도한다. 먼지 한 알만 있어도 견디지 못하는 인간과 먼지 속에 있어야 존재할 수 있는 인간에 대해서는 차이를 논할 것이 아니라 그렇게 되기까지의 작고 사소한 시작을 잡아내야 한다. 하지만 무엇보다 여기 일을 빨리 끝내고 싶었다.

마스크를 쓰고 현관에 입성했다. 땀에 젖어 자꾸만 흘러내리던 헤드 랜턴은 잠시 풀고 다시 거대한 종이 산을 정리하기 시작했다. 세상에서 가장 거대한 인쇄소의 창고 앞에서 오기가 발동했다. 신발이 뾰족한 모서리였다면 종이는 뭉툭한 무게다. 나는 최대한 팔을 뻗어 위쪽의 종이 뭉치를 그 속에서 빼냈다. 그 찰나에 생긴 빈틈은 그 위에 있던 종이가 먼지를 내뿜으며 내려앉아 채웠다. 체력이 소진되기는 했지만 그래도 신발보다는 쉬웠다. 포대 여러 개를 한꺼번에 펼쳐놓고 신문지, 잡지, 광고지, 그리고 기타 종이를 분류해 넣고 일을 끝냈다. 종이 산 뒤에는 아무것도 없었다. 고여 있는 먼지 말고는. 자물쇠로 현관문을 잠그고 집으로 돌아와 먼지투성이 그대로 쓰러졌다.

"일을 잘 해내셨더군요."

꽃집 여자가 두툼한 하얀 돈 봉투를 내 앞에 놓았다.

"세보세요."

"나중에 볼게요."

"지금 보세요. 그쪽이 생각했던 급료와 다를 수도 있으니까요."

참 치밀한 여자다. 나는 봉투에서 돈을 꺼내 그 여자 앞에서 넘기며 숫자를 셌다. 딱 백만 원이었다. 방금 발행된 빳빳한 오만 원권 스무 장.

"생각보다 적나요?"

"아니요."

솔직히 이틀 일해서 백만 원을 벌 수 있다는 게 비현실적이었지만 입 밖에 내지는 않았다. 그냥 저 여자가 싫어서.

두 번째 일이다.

〈열쇠는 술집 바로 앞에 있는 커다란 나무 아래에 있습니다. 술
집 안으로 들어가 바 진열장에서 파란색 리본이 달린 술병을 찾
아 남은 술을 다 마시면 됩니다. 그리고 모든 일이 끝나면 열쇠는
가게 뒤쪽으로 사 분쯤 걸어가면 보이는 호수 안으로 던져버리세
요.〉

Bar. Dr. Smith.

E의 가게와 구조가 거의 흡사했다. 테이블 숫자도, 화장실 위
치도, 진열장 나무의 결도. 하지만 여기는 E의 가게가 아니다. 바
로 파란색 리본의 술병을 찾아 스툴에 앉았다. 1865. 칠레산 카베
르네 소비뇽 와인. N과 E가 20, 이라고 장난을 치던 그 흔한 와인.
속이 보이지 않는 와인 병을 손에 들어 남은 양을 가늠해보았다.
반 이상이 남아 있었다. 와인을 한 모금 들이켜고 잠시 기다렸다.
몸에는 아무런 이상이 없었다. 이번에는 천천히 한 모금. 그러자
나는 E의 가게의 어느 날로 이동했다.

그날, E의 가게에 들어서자 빌 에반스의 'Waltz For Debby'가
흐르고 있었다. 조카를 위해 만든 그 차분하고 속삭이듯 흘러나오
는 곡을 나는 예전부터 좋아했다.

"빌 에반스의 연주를 좋아해요?"

내 말에 N은 성의 없이 대답했다.

"재즈는 그다지. 하지만 빌 에반스의 말로에 대해서는 알고 있지. 당신이 알고 있는지는 모르겠지만."

"알고 있어요. 빌 에반스의 친구인 리즈가 말했죠. '역사상 가장 긴 자살'이라고."

빌 에반스는 1960년대에는 헤로인에 중독되었고 1970년대에는 코카인에 중독되어 결국 생을 마감했다.

순간 그의 미간에 주름이 잡혔다.

"당신이 그걸 어떻게 알아?"

"그냥 알아요. 음악을 좋아하다 보면 그 연주자에 대해서도 알게 되니까요."

"그 연구심은 역시 마음에 들어."

"난 이제 당신의 학생이 아니에요."

"왜, 연구심이라는 말이 별로인가?"

"별로예요."

N은 남은 와인을 한입에 비워버리고 E를 향해 말했다.

"20!"

"넵! 여기 있습니다. 20!"

E가 가져온 와인은 1865였다. 왜 멀쩡한 이름을 놔두고 20, 이라고 했을까. 하지만 너무 쉬웠다.

1+8+6+5=20.

"포인터의 기초 단계 정도는 저도 알아요."

"그새 20을 해석해내다니, 역시!"

N은 왠지 늘 삐딱했다. 더 나쁜 건 일부러 그런다는 거다. 마치 미움을 사고 싶어 안달이 난 것처럼. 하지만 그 안에는 버려질 것을 두려워하는 인간이 존재하고 있다. N은 내가 좋아하는 것들과 아는 것들에 대해 한 번도 그냥, 동의한 적이 없다. 따지고, 외면하고, 질문만 하고, 결국 내가 그냥, 좋아하던 것들에 거침없이 스크래치를 냈다. 그래서 빌 에반스도 아무 잘못 없이 퇴장당했다.

두 번째 일은 끝났다. 빈 와인 병이 그 증거다. 이렇게 쉽게 돈을 벌 수 있다는 걸 누가 믿어줄까. 그런데 왜 난 여기서 일어나지 못하고 있을까. 난 규칙을 어기기로 했다. 백조가 그려진 'yALI'라는 이름의 와인을 가져와 탁자에 올려놓았다. 그리고 파란 뚜껑을 돌렸다.

N은 어떤 식의 죽음을 택했을까. 높은 공중에서 잠시 자유로운 새처럼 날았을까. 선명한 빨간색의 핏줄기가 분수처럼 솟구쳐 오르는 것을 봤을까. 단단한 올가미를 만들어 몇 번이고 매듭을 확인하고 또 확인했을까. 커다란 차를 골라 뛰어들며 그 찰나에 눈을 감았을까. 정말 N의 아버지가 존재할까. N의 죽음에 내가 관

여됐을까. 아니, N이 죽었다는 사실 자체가 정말 맞나. 모든 게 N 어머니의 거짓말이 아닐까. 만약 거짓말이라면 무슨 이유로 오래 전에 헤어진 나를 찾아와 거짓말을 했을까. 아니다. 어떤 어머니도 자식의 죽음을 가지고 장난을 할 수는 없다. 내가 만난 N의 어머니라는 사람에게 느낀 건 자식을 잃은 슬픔보다 모든 것에 대한 분노였다. 하지만 지독한 슬픔은 분노와 같은 편이므로 내가 품고 있는 일말의 희망을 어떻게든 버리지 않고 유지할 수 있을지도 모른다.

와인은 목으로 술술 넘어갔다.

그래. N은 천재였다. 별다른 동작 없이도 상대방을 뒷걸음치다 혼자 넘어지게 하고, 키스 한번 해보지 않은 처녀에게 부푼 만삭의 배를 상상하게 만들고, 여름에 잘못 내린 첫눈 같은 민망함을 아낌없이 주었다. 그건 책임감은 거부한다는 의지도 아니어서, 그저 의뭉스러운 인간이길 진정으로 원하는 건 아니어서, 마치 천 겹의 막이 켜켜이 쌓인 밀푀유의 결처럼 영혼 속으로 스며들었다. 하지만 내 입술에서는 연약하고 달콤하던 촉감은 내 속에서는 그저 두꺼운 마분지처럼 딱딱해졌다.

와인 가격을 알 수 없어 오만 원 지폐를 빈 와인 병 아래에 두고 Dr. Smith 문을 닫고 나왔다. 정확히 사 분을 걷자 정말 작은 호수가 있었다. 열쇠는 작은 포물선을 그리며 호수 안으로 사라졌다. 난 잠시 다른 테이블에 올려놓았던 내 과거를 챙겨 집으로 돌아왔다. 다음 날 난 또 백만 원을 벌었다.

"정말 여기가 맞나요? 극장은 문을 닫은 지 몇 년은 됐거든요."
택시 기사가 두 번이나 물어봤다. 나는 고개를 끄덕이고 내렸다.
세 번째 일이다.

〈미션은 극장 안에 있습니다.〉

꽃집 여자의 문자는 그게 다였다. 그리고 이곳의 주소.
미션. 그 어감은 내가 이미 완수한 두 번의 일과 오늘 일이 끝나
면 세 번이 될 일들의 기괴함을 조심성 없이 뱉어버린 가장 솔직
한 지칭이라 마음이 심란하다. 그런데 난 왜 이 짓을 계속하고 있
는 걸까. 실은 나도 돈이면 뭐든지 하는 인간이었다. 실은 나도 모
르는, 정리하는 데 능한 숨은 재주라도 있는 걸까. 실은 내가 마신
와인이 백 년의 시간을 가진 귀하고 특별한 것이었나.
극장에 걸린 간판은 없었다. 이번엔 열쇠도 없다. 시계를 보니
밤 아홉 시가 막 지나가고 있다. 열쇠가 없다면 문은 열려 있을 것
이다. 무거운 문을 두 팔에 힘을 실어 밀었다. 몇 번을 더 밀어도
소용이 없다. 열쇠 얘기는 없었는데. 휴대폰을 꺼내 불을 비춰보
자 아예 열쇠 구멍이 없다. 아. 나는 왜 이리 멍청할까. 문을 내 쪽
으로 당겼다. 여기서도 묵은 먼지 냄새가 먼저 코로 들어왔다. 손

으로 가까운 벽면을 더듬어 스위치를 올렸다. 스위치는 하나가 아니어서 되는대로 건드리자 도미노처럼 불빛들이 켜지며 거대한 공간이 모습을 드러냈다. 여기는 영화관이 아니라 큰 공연장이다. 빼곡한 빨간 벨벳 의자들 사이로 난 계단을 내려가 무대를 올려다보았다. 먼지 때문에 눈이 간지럽고 재채기가 나오기 시작했다. 빨리 움직여야 한다. 미션을 찾는 게 우선이다. 저 많은 의자들 사이에 미션 쪽지가 있다면 또 밤을 꼬박 새워도 부족할 것이다. 무대 왼쪽 계단을 밟고 올라가자 바닥 곳곳에 초록색 테이프가 붙어 있었다. 아마도 배우들이 암전 속에서 위치를 찾기 위해 붙여놓은 것일 테지. 그것 말고 다른 것은 없다. 아. 찾았다. 무대 오른쪽 끝, 검은 천에 핀으로 쪽지 하나가 고정되어 있다.

〈분장실에서 대본 C를 찾으세요.〉

검은 천 뒤로 들어가자 분장실로 보이는 공간이 몇 계단 아래에 있었다. 안으로 더 들어갈수록 숨이 막혀오기 시작했다. 먼지만이 문제가 아니었다. 고립되고 있다는 공포증이 심해지고 있었다. 분장실의 한쪽 벽면은 온통 거울이었고 그 아래에 탁자와 의자가 있었다. 탁자 위에는 분장 도구들이 정리되지 않은 채 여기저기 널려 있었다. 얼른 대본 C를 찾아야 한다. 대본들은 바닥에 펼쳐진 채 떨어져 있기도 하고 분장 도구 사이에도 있었다. C, C, C, 라고 입으로 중얼거리며 대본들을 뒤지기 시작했다. 손은 온통 검은 먼지들이 들러붙어 불쾌해졌지만 숨은 더 가빠온다. 대본 C는 어느 의자 위에 놓여 있었다. 대본의 첫 장을 넘기자 메모지가 하나 붙어 있다.

〈대본의 19쪽을 펼치고 파란색 밑줄이 그어진 대사를 외워 무대 위로 올라가 다섯 번을 반복하세요. 그리고 극장의 모든 불을 끄고 돌아가시면 됩니다.〉

아, 이게 무슨 짓인가. 도대체 누가 이런 장난을 치는 걸까. 이제 배우 흉내라도 내라는 건가. 그러면서도 나는 얼른 대본의 19쪽을 폈다.

'나는 여기에서 나가고 싶어. 살아남으려면 타협을 해야 해. 너는 어떻게 할래?'

우습게도 내가 외워서 다섯 번을 발음해야 하는 문장 안의 타협, 이라는 단어가 마음 어딘가를 쓱, 건드렸다.

나는 여기에서 나가고 싶어. – 실질적으로 최소한 두 명은 어딘가에 갇혀 있다.

살아남으려면 타협을 해야 해. – 권력을 가진 누군가가 최소한 두 명의 운명을 쥐고 있고 모종의 거래를 제안했다.

너는 어떻게 할래? – 화자는 이미 타협을 한 것 같다. 하지만 상대방을 배려하는 말투가 아니다. 조급함과 압박이 같이 있다. 상대방이 동의해야만 나갈 수 있는 처지에 놓인 것이다.

나는 아무도 없는 무대 위로 걸어가서 중심에 섰다. 하지만 도무지 말문이 열리지 않았다. 정말로 공연을 하는 배우도 아니면서도 알 수 없는 긴장감에 온몸의 털이 곤두서는 느낌이었다.

크게 심호흡을 하고 텅 빈 객석을 바라보았다.

"나는 여기에서 나가고 싶어. 살아남으려면 타협을 해야 해. 너는 어떻게 할래?"

책을 읽듯이 간신히 한 번의 대사를 내뱉었다.

"나는 여기에서 나가고 싶어. 살아남으려면 타협을 해야 해. 너는 어떻게 할래?"

두 번째 대사는 최대한 빨리 읊었다. 마음 한구석이 왠지 괴로워진다.

"나는 여기에서 나가고 싶어. 살아남으려면 타협을 해야 해. 너는 어떻게 할래?"

세 번째 대사에 심장이 서늘해진다. 눈물이 나려는 자신을 이해하지 못해 당황스럽다.

"나는 여기에서 나가고 싶어. 살아남으려면 타협을 해야 해. 너는 어떻게 할래?"

네 번째 대사에 참았던 눈물이 흘러내린다. 이제 한 번만 더 하면 끝이다.

"나는 여기에서 나가고 싶어. 살아남으려면 타협을 해야 해. 너는 어떻게 할래?"

끝났다. 나는 무대 위에서 기듯이 내려와 문을 닫고 밖으로 도망쳤다. 극장에서 멀어질수록 더욱더 나를 향해 돌진하는 것들을 막을 수 없어 끝내 마주했다. 오랫동안 내가 받고 있던 벌의 주체가 해대던 질문이었다. 내가 멀쩡한 혀를 가지고 살아남았다는 것 자체가 타협, 은 절대 아니라고 주장할 수 없다. 그래서 그 문장은 나를 완전히 갖고 놀았고 내 영혼에 박혔다. 낡은 대본 C의 제목만 훔쳐 왔다. 대본을 가져오고 싶었지만 그건 이 일의 법칙을 크게 어기는 것이므로. 대본의 제목은 'Cinders'. 찌꺼기들이란 뜻이다.

세 번째 일이 끝나고 또 내 손에 백만 원이 들어왔다. 나는 봉투를 다시 내밀었다.

"일을 그만둘게요."

꽃집 여자의 눈썹 한쪽이 올라갔다 내려왔다.

"무슨 이유라도?"

이제 대놓고 반말이다.

"누구를 위한 일인지도 모르겠지만. 어차피 질문은 금지되어 있으니 그냥 통보로 받아주세요."

"당신이 얼마나 큰 행운을 잡았는지 모르는군요."

"그 행운을 다른 사람에게 주지 그래요?"

"좋아요. 그럼 이렇게 합의를 보죠. 한 가지 일만 더 하고 나면 당신을 놓아줄게요."

"싫어요. 지금 그만두겠습니다."

"마지막이라고 생각하고 해주세요. 돈은 미리 드리죠."

"돈은 상관없어요. 더는 할 수가 없다고요."

내 말을 무시하고 그녀는 내 손에 억지로 두 개의 돈뭉치를 떠밀 듯이 넘겼다.

"정 그렇다면 할 수 없죠. 대신 좀 일을 당기죠. 마지막 일을 오늘 처리해줘요."

서류 한 장 없는 계약. 녹음조차 하지 않은 짧은 대화. 시든 꽃들 속에서 잠수를 타고 있는 것 같은 이상한 여자. 그리고 마지막, 이라는 것을 빨리 맞이하고 싶은 자신. 그래. 마지막이다. 처음으로 문자가 아니라 직접 쪽지를 받았다. 주소 하나가 쓰인.

"분홍색 방으로 가세요."

네네. 분홍색 방으로 가지요.

집은 청결하고 달콤한 향기가 배어 있었다. 신발을 벗고 거실로 들어서니 하늘색 벽지와 베이지색 소파가 보인다. 그동안의 장소와는 전혀 다르지만 그래서 왠지 모르게 불안해진다. 분홍색 방이 보였다. 문을 열자 바로 알 수 있었다. 갓난아기 특유의 우유 냄새가 났다. 작고 하얀 침대 위에는 귀여운 동물 모양의 모빌들이 하나의 원 안에 달려 있다. 구름과 별과 달로 가득한 벽지도 보인다. 갓난아기 방이구나. 행복한 기운이 느껴지는 방이었다. 그런데 여기서 뭘 하라는 걸까. 부모도 갓난아기도 없는 이 아늑한 방에서. 침대 맞은편의 하얀색 옷장을 열어보니 거의 네 살까지도 입을 옷들이 차곡차곡 정리되어 있었다. 그들은 어디에 있는 걸까. 하지만 난 이미 알고 있다.

처음으로 꽃집 여자에게 전화를 했다. 꽃집 여자 n은 바로 전화를 받았다.

"무슨 일이죠?"

"지금 분홍색 방에 있어요. 여기서 대체 무슨 일을 하라는 거죠?"

"아직도 모르겠어요?"

"이 방은 너무 멀쩡하다고요!"

"생각을 좀 해봐요. 왜 겉으로는 멀쩡한 방에 당신을 보냈는지."

짜증스러운 한숨이 한 번 흐르고 결국 무서운 말이 내게 넘어왔다.

"그냥 그 방의 물건들을 치워요."

"이해하지 못했어요."

나는 이해하고 싶지가 않았다.

"당신에게 의뢰한 일은 타인의 슬픔을 청소해주는 겁니다."

"잠시만요. 슬픔을, 청소를, 하라고요?"

"참 답답하네요. 이번이 마지막이니 말해주죠. 그 집 아이는 얼마 전에 죽었어요. 됐죠?"

전화는 일방적으로 끊겼다.

난 타인의 슬픔을 청소한다.

난 타인의 슬픔을 청소하는 사람으로 전락했다.

난 방문을 조용히 닫고 그 집을 나와 꽃집을 향해 달리기 시작했다. N과 같은 이름을 가진 꽃집 여자 n의 목을 졸라 죽이기 위해서. 사람이 어떻게 사람을 죽일 수 있는지를 처음으로, 진정으로 이해했다. 난 그녀를 죽이기 위해 달리고 있다.

꽃집 문은 닫혀 있었다. 이제 그녀는 갑이 아니다. 갑과 을이 뒤바뀌는 건 한순간이다. 꽃집 벽에는 아직도 구인 광고지가 꽂힌 하얀 플라스틱 바구니가 붙어 있었다. 발길질 한 번에 그것은 벽에서 떨어졌다. 있는 힘을 다해 그것을 꽃집 유리창에 대고 찍어댔지만 아무 상해도 입히지 못한다. 나는 주위를 둘러보다 가장 뾰족하고 커다란 돌멩이 하나를 찾아내 유리창에 박고 또 박았다. 따끔한 감각과 함께 내 손 어딘가에서 피가 흘러내리기 시작했지만 나는 멈추지 않았다. 유리창의 한 면에 틈이 생기자 더 힘을 내서 결국 모든 유리창을 박살 냈다. 내 귀에는 사이렌 소리가, 기물 파손죄로

취조를 당하는 내 모습이 생생했지만 멈출 수가 없었다. 이 여자는 질이 나쁜 유령이었다. 필명으로 음란한 글을 쓰는 작가였고 정작 거리에는 나서지 않는 거래에 능통한 은밀한 포주였으며 마음이 어디 붙어 있는지 평생 일 초도 생각해보지 않은 저급한 인간이었다. 어쩌면 돈은 많지만 사는 게 심심해 꽃집 하나를 차려놓고 사냥감을 기다리다 낚아채 관음을 즐기는 취향을 가진 재벌일지도 모른다. 신발과 종이 더미에서 허덕이던 나를, 와인을 마시던 나를, 억지로 다섯 번의 묘한 대사를 말하던 나를 꽃집에서 느긋하게 감상하고 있었을지도 모른다. 요즘 세상에 그 정도는 어려운 일도 아니다. 오늘 밤이나 내일 이른 아침에 나는 경찰서에 끌려갈 것이다. 상관없다. 나는 근처의 편의점을 찾아 노트 한 권과 라이터를 사서 피가 흐르는 손으로 직접 종이에 불을 붙이고 깨진 공간으로 던졌다. 진짜 마녀의 집을 화형에 처하는 첫 불길이 되길 간절히 바라면서. 그리고 돌아서서 이를 바득바득 갈며 꽃집 여자가 없는 텅 빈 가게에 대고 소리를 고래고래 질렀다.

　당신에게도 마음, 이라는 게 있습니까?

강박증의 입장

애초에 굳이 나쁜 마음 따위는 전혀 없다. 당신이 믿든 말든 자신 있게 말할 수 있다. 나는 늘 공평하고 공정하기 위해 노력했다. 신의 입자 중에 나처럼 신중하고 한결같은 존재도 없을 것이라고 장담한다. 인간들은 마음대로 되는 건 없다고 매일같이 떠들면서도 마음의 주체는 자신이라고 생각한다. 천만에. 내가 인간 마음의 주체다. 나는 날 아무에게나 던지지 않는다. 오랫동안 관찰하고 세심히 분석해서 나를 받아들일 만한 마음을 가진 인간에게, 때로는 나를 절절하게 필요로 하는 인간에게만 간다. 무언가에 몰두하는 것을 자신과 동일시하는 그들의 착각 속으로 비집고 들어가는 건 쉽지만은 않다. 무지함은 왜 그리 무게가 나가는지. 귓속

112

까지 살이 들어찼는지 몇 번을 말해도 도무지 알아먹지를 못한다. 또 고집은 얼마나 센지 안아주려는 날 밀어내고 욕하고 기본적인 예의도 없다. 나 때문에 망한 게 아니라 내 덕에 그나마 생존하고 있다는 건 상상도 못 한다. 그리고 종종 내 이름을 잘못 불러댄다. 징크스라니. 아, 생각도 하기 싫다. 징크스가 종종 내 흉내를 내는 건 알고 있지만 내게는 굉장히 모욕적이고 유감스럽기 그지없는 일이다. 징크스의 주인은 인간이지만 난 아니다. 급이 달라 비교도 불가다. 하지만 내 주성분은 포용이니 싸구려 불만은 늘어놓지 않겠다. 대신 내 소개를 조금 더 하자면 나는 인간에게 줄 수 있는 것들을 아주 많이 보유하고 있다. 반복성. 시간이 멈춘 인간에게는 행동이 필요하다. 하지만 그들의 체력까지 감안을 하고 분배한다. 고통에서 너무 멀리 떨어뜨려 놓아서도 안 되고 그들은 보지 못하는 남은 에너지를 꼼꼼히 살펴 투척해야 한다. 시간을 보내는 방법을 슬쩍 던지고도 의리가 넘치는 난 바로 돌아서지 않는다. 고통은 바로 회복되지 않는다. 가장 독한 고통에서 종류가 다른 고통으로 이사를 시키면 그들은 그제야 내가 바라던 의리에 가까워진다. 여전히 고통스럽지만 뭔가를 몸이 하고 있다는 기본 상식에 몰두할 수밖에 없다. 새로운 반복에 적응하면 독창성의 면모를 보여줘 나를 겸허하게 만드는 인간들도 있다. 멋진 일이다. 그 몽상과 몰두 속에 어렴풋이 나의 존재를 깨달으면 이제 나는 마음을 놓고 다음으로 살필 상대에게로 간다.

어떤 인간들은 일 초도 쉴 틈이 없어 고단하다 하고 어떤 인간들은 일 초가 영원 같아 고단하다고 목이 막혀 말하지도 못한다. '고단'이라는 같은 주제 아래에서 다르게 살고 있다. 내가 손을 대는 건 당연히 후자다. 전자들은 너무 시끄럽고 정작 필요로 하는 건 이미 알아서 취하고 있다. 나의 후자들이 가진 피폐 속에서 나는 최상급 고기에 펼쳐진 선홍빛 마블링의 윤기를 본다. 모든 것들이 낯선 이물질처럼 뻐근해지면 다이아몬드를 삼켜도 뻐근함 그 이상도 그 이하도 아니다. 그래서 내가 존재하는 것이다. 그들이 삼킨 것을 증명하기 위해.

아직도 날 이해하지 못하는 인간들을 위해 예를 들어주겠다. 내 고객 중에는 어린 여자아이가 있었다. 부모는 둘 다 유명한 의사였고 아이는 상주하는 보모의 손에서 자라는 중이었다. 부모가 진료실에서보다 방송국에서 더 많이 시간을 보내자 네 살짜리 아이는 보모를 엄마라고 부르기 시작했다. 그걸 들은 진짜 엄마는 필러와 보톡스 때문에 팽팽은 해도 제대로 표정이 지어지지 않는 얼굴로 보모와 아이에게 불같이 화를 냈다. 그 장면이 내 안테나에 딱 걸렸다. 피부과 의사인 그 엄마가 자기 방 안에서 직접 자신의 손으로 얼굴에 주입하는 필러와 보톡스의 주사기 위에, 정확히는 손가락의 조율하는 힘에 불균형을 슬쩍 얹었다. 그 엄마는 결국 어떤 표정도 짓지 못하게 될 것이고 그녀가 가졌다고 믿던 별은 허상임을 깨닫게 될 것이다. 거기까지가 내 영역이었다. 그런데 내 동료 하나가 끼어들어 일을 복잡하게 만들었다. 부모가 아닌 아이를 직접 이용해버린 것이다. 일하는 방식이 원래 달랐던 우리는 뭐, 솔직하게 말하자면 경쟁자이자 적대적인 관계였다. 그놈은 아이의 심장을 살피지도 않고 뇌로 들어가 수천 마리의 거친 말[馬]들을 풀어놓았다. 아이의 머릿속은 야생의 벌판이 됐다. 말들이 질주하고 소음을 내고 싸워대는 바람에 시끄럽고 어지러워 말 하나를 골라내 입술 밖으로 내뱉기가 너무나 어려웠다. 아이는 이명에 시달리다 못해 작은 손으로 귀를 막고 있다. 그놈은 그러면 그 부모가 아이에게 돌아올 거라고 믿는, 엄청난 실수를 저질렀다. 초짜도 아닌데 왜 그랬는지 모르겠다. 게다가 암묵적으로 서로의 영역에는 발을 들이면 안 된다는 기본적인 법칙을 어겼다. 아. 알겠다. 잠잠하던 그놈이 내 영역에 들어온 까닭을. 그놈은 과거에 직업을 거의 잃을 뻔했다. 어린 소년을 건드렸기 때문이다. 그 일이 결국 미해결 사건으로 묻힌 것에 감사하기는커녕 남의 일터로 기어들어 오다니 진짜 못 말릴 놈이다. 이제 그놈이 한 짓을 말해주겠다. 나는 고발한다. 이제부터 잠시 화자는 그놈이다.

어린 소년인 N은 엄마의 사랑이 필요한 아이였다. 어떤 아이보다도 더. 아버지가 없어서일까. 그 아이는 나와 닮아 더 눈길을 사로잡았다. N은 늘 혼자였다. 하지만 나와 달리 외로워하지도 않았다. N이 침착할수록, N의 어머니가 적막한 저녁 식탁의 장면을 반복해 조성할 때마다 나는 숨이 막혀왔다. 난 그 어머니의 습관 하나를 공략하기로 했다. 그녀는 문단속에 집착했다. 열쇠로 잠그고도 한참을 그 앞에서 문고리를 잡아 뜯어낼 듯이 당겨대곤 했다. 그리고 그 강박증으로 N에게 잔소리만 더 늘었다. 그 집에 가져갈 게 뭐가 있다고. 정말로 중요한 것은 챙기지도 못하는 주제에. 공략 지점은 그녀를 괴롭히기보다 N에게 더 피해가 간다는 걸 깨닫자 난 그저 N에게 집중했다. 내 실패를 빨리 인정하고, 저런 어머니에게 신경 쓸 시간에 N의 손을 잡아주고 싶었다. N이 잡는 값싼 비누 위로 들어가 그 손길을 쓰다듬었다. 그러자 금세 반응이 왔다. N은 점점 더 빈도를 높여 나를 찾고 만졌다. 역시 진짜 마음은 통하는 것이다. 내 몸이 줄어들고 새로운 비누에 몸을 안착할수록 나는 행복해졌다. 눈을 감고 말았다. 연인끼리 키스를 할 때면 저절로 눈이 감기듯이. 그래서 어린 N의 손이 엉망이 되어가는 것을 보지 못했다. 갑자기 N의 손길이 사라지자 나는 그제야 눈을 뜨고 응급실에서 처치를 받는 N의 상한 손을 봤다. 강박증의 가장 큰 신이 내게 큰 벌을 내렸다. 영원히 N에게 접근하지 말 것.

자. 이제 다시 나로 돌아왔다. 난 오늘도 불안한 자들의 심장 박동을 슬며시 조금 더 올리고 팔짱을 낀 채 기다리는 중이다. 이렇게 말하면 내가 못돼 보이겠지만 그건 아직도 의심에 익숙해진 당

신의 문제이므로 그 의심은 어중간한 자신의 탓으로 돌리는 게 훨씬 더 나을 것이라고 친절히 경고를 전하고 남은 내 비법을 고백하겠다. 적당히 미친 사람들의 이성이 가진 부끄러운 가면은 취급하지도 않는 게 내 입장이지만 한마디는 해야겠다. 적선하는 마음으로. 적당하고 우유부단하고 결국은 보통을 생의 최고의 목표로 삼은 인간들은 진실로! 확정적으로! 절대로! 단연코! 아무것에도 영향력을 가질 수 없다! 이건 진실, 아니 명확한 백 퍼센트의 사실이다!

내가 어떻게 태어났는지는 실은 나도 모른다. 그것만이 인간과 닿는 유일한 끈이다. 나도 가끔은 불안하다. 당연하지 않은가. 불안증을 생성하는 존재가 먼저 불안에 대해 통달하지 않았겠나. 나도 가끔은 쓸쓸하다. 뭐, 믿든 말든 상관없지만.

난 불안한 자들에게 기대를 걸고 있다. 그들이 진짜 세상을 변화시킬 힘을 가지고 있다. 진실로 자신 안에 철저히 갇혀본 인간만이 결국은 세상을 위해 시선을 돌릴 힘도 가지고 있다. 그러니 불안한 그대들이여. 그대들은 약해서가 아니라 너무 견고해서 우주를 탐험할 자격을 가진 대가를 치르고 있는 것뿐이니 내 말을 믿고 부디 견디고 부디 버텨라. 빛을 노래하는데 어찌 어둠과 닮은 저음의 코러스가 빠질 수 있겠는가. 이 싱거운 세상 속에 매력적인 에지(Edge)를 더하라. 브라보! 브라보!! 브라보!!!

XX 요양병원 앞에 도착했다.

"안녕하세요. 어떻게 오셨나요?"

"저, A라는 분을 찾아왔는데요."

"잠시만요. 아, A라는 이름을 가진 분이 두 명 계시는데. 여자분
인가요?"

"아니요. 남자분이에요."

"아, 작가님을 말씀하시는 것 같네요. 멋진 분이죠."

친절한 직원은 본의 아니게 N의 아버지가 작가라는 사실을 알
려주었다. 그리고 방문록을 내 앞에 내밀었다. 이름, 연락처, 관계.

순간 당황했다. 나는 내 이름을 I, 라고 적고 휴대폰 번호는 사실대로 썼다. 하나 남은 건 관계인데 마땅한 거짓말을 찾을 수 없어 잠시 아득해졌다.

"저는 친인척은 아닌데 어떻게 적어야 할까요?"

"아. 그래도 규칙상 기록을 하거든요."

"아주 예전에 작가님에게 글을 잠시 배운 적이 있어요."

"그럼 학생이라고 쓰시면 돼요."

내가 펜을 돌려주자 직원은 이 층 끝에 있는 방이라고 알려줬다. 219호.

"처음 오시는 거라고 하니 알고 계셔야 할 게 있어요."

"네?"

나는 불안한 마음이 얼굴에 드러날까 초조해졌다.

"작가님은 시력을 거의 잃으신 상태예요. 안타까운 일이죠. 제가 책을 종종 읽어드리기는 하는데 직원이 모자라서요."

직원은 낯을 가리지 않는 성격이거나 오랫동안 누군가와 제대로 된 대화를 나누지 못한 듯하다. 나는 용기를 내어 물어보았다.

"작가님을 찾아오는 학생들이 많은가요?"

"아뇨. 실은 삼 년 전인가 한 남자분이 오신 게 마지막이었어요."

한 점의 의심도 없이, 그녀는 방문록을 살펴보고는 묻지도 않은 정보까지 알려주었다.

"아. N이라는 분이네요."

얼굴 근육이 혼자 움직이는 느낌이 들었다.

"N이라고요?"

"네. 혹시 아시는 분인가요?"

"아니요."

이 층으로 가기 위해 간신히 다리를 움직이려던 차에 그녀가 내 이름을 불렀다.

"시간이 되시면 책을 좀 읽어드리면 좋아하실 거예요."

"아, 네. 고맙습니다."

계단 손잡이를 꽉 잡고 오르는 동안 머릿속이 하얗게 질려 아무 생각도 할 수 없었다.

A는 휠체어에 앉아 창밖을 바라보고 있었다. 창턱에는 차 한 잔이 놓여 있었다. 환자복은 헐렁해 보였지만 근육이 빠지기 전에는 풍채가 좋았으리라 짐작되는, 넓은 어깨뼈가 보였다. 머리카락은 은빛이었지만 머리숱은 청년처럼 풍성했다. 열려 있는 방문을 나지막이 두드렸다.

"네. 들어와요."

그 목소리는 N의 것이었다. 아니, N에게 완벽하게 물려준 뿌리의 실체였다.

내가 방으로 들어가고 A가 내 쪽으로 휠체어를 돌리자 그대로 심장이 녹을 것 같았다. A는 N의 아버지다. 가느다란 쌍꺼풀 선, 이마에서 코로 이어지는 각도, 얇은 입술, 얼굴에 비해 조금 작은 귀까지 똑같았다.

"작가님, 예쁜 학생이 오셨어요."

접수대의 직원이 어느새 방으로 들어와 나를 소개했다. 난 깜짝 놀란 나머지 정말로 주저앉을 뻔했다. 아마 직원은 너무 오랜만의 방문객이기도 하고, A의 시력을 배려해서 직접 올라왔을 것이다.

"그럼 말씀 나누세요."

그녀가 조용히 나가자 다시 정적이 흘렀다.

"안녕하세요. 저는 I라고 합니다."

A는 고개를 끄덕이고 아무 말도 하지 않았다. 어떻게 온 건지, 언제 자신을 알았는지, 자신의 책을 읽어봤는지도 묻지 않았다. 그중 어떤 질문이 오든 내가 할 수 있는 대답도 없다. 이름조차 가짜인데 큰일을 저지른 게 아닌가 싶던 순간 A가 입을 열었다.

"I양."

"네."

"혹시 책을 좀 읽어줄 수 있을지. 내가 좀 눈이 안 좋아서. 실례가 안 된다면."

"전혀요. 읽어드릴게요."

담요가 덮인 그의 앙상한 다리 위에는 책 한 권이 펼쳐진 채로 놓여 있었다.

"그럼 126쪽부터 128쪽까지 부탁합니다."

126쪽을 찾을 필요가 없었다. 펼쳐진 책의 면이 126쪽이었다.

〈126쪽〉

그녀는 파라핀 용액에 천천히 손을 넣는다. 그녀의 손 위로 금세 두툼하고 따뜻한 촛농의 장갑이 만들어지고 있다는 걸 안다. 잠시 후에 그녀는 손을 위로 들고 나를 보며 웃는다.

'이제 더 이상의 나쁜 일은 없어요.'

우리는 서로에게 그 말을 매일 한다. 마음속으로. 그리고 외부 세상에서 열렬히 벗어나는 중이다. 그녀는 내게 다시 글을 쓰라고 하고 나는 그녀에게 좋은 친구들을 유지하라고 한다. 하지만 누구의 대답도 없다. 한여름에도 파라핀 소비는 여전했다. 그녀는 거의 화장을 하지 않았고 맨손으로 그릇들을 씻고 흙을 만져 꽃들을 키워낸다. 늘 움직이고 있는 그녀가 잠시 멈출 때는 파라핀에 손을 넣을 때와 책을 들고 있을 때다. 그래서 그녀의 손은 늙지 않고 어린 소녀의 것처럼 보드랍고 연약하다.

우리의 딸이 갓난아이였을 때, 처음으로 내 엄지손가락에 감기던 그 거인보다도 더 강한 힘을 난 잊지 못한다. 내 손가락 하나가 세상 전부인 것처럼 매달려 놓지 않았다. 일곱 살 때 엄마의 매니큐어를 몰래 바르고 달려와 자랑스럽게 내민 손톱 밖으로 번져 있던 분홍색의 잔상을, 엄마는 손이 차가워, 하며 아내의 손을 작은 손으로 비벼대던 착한 열 살의 그 손을, 내 책을 보물처럼 안고 잠이 든 딸의 손에서 책을 슬며시 꺼내려고 하면 잠꼬대를 하듯이 싫어, 라고 하며 다시 책을 챙기던 고집스러운 그 손을 결코 잊지 못한다. 그런 손과 손톱과 살결은 굳은살이 생기기 전에, 더러운 것을 만지기 전에, 세상의 그 많은 매니큐어를 발라보지도 못한 채 예쁘게 박제되었다.

〈127쪽〉

우리는 오늘 사랑하는 딸을 만나러 간다. 아내는 엷게 화장을 하고 나는 면도를 하고 가장 아끼는 양복을 입는다. 아내가 늘 묶고 있던 머리를 자연스레 푸는 동안 난 정원으로 가 아내가 키운 꽃들 사이에서 스톡(Stock, 비단향꽃무)을 잘라내 신문지에 싼다. 우리의 딸은 십 년 전부터 영원히 열네 살이다. 얼마나 예쁜 나이인지. 그래서 우리는 슬퍼하지 않기로 한다. 내내 곱게 가꿨던 아내의 손은 오늘을 위한 것이다. 딸아이의 영혼에 여기서도 여전히 영원, 이 존재한다고 전하고 싶어서, 시간을 먹지 않은 손으로 쓰다듬고 싶어서다. 아내 없이도 난 이곳에 종종 온다. 아내도 그걸 알고 있다. 미풍이 불어와 노랑의, 연분홍의, 하늘색의 꽃잎들 사이를 살짝 만지고 지나간다. 엄마, 아빠, 나는 잘 지내요. 우리도 잘 지낸단다. 엄마 손이 따뜻해서 좋아요. 네 엄마는 네게 자랑하려고 매일 촛농과 살지. 참새의 노래 같은 딸아이의 웃음소리가 들린다. 아빠, 새 책은 언제 보여줄 거예요? 내가 기다리고 있는 거 알면서. 지금 구상 중이야. 엄마, 아빠, 내가 뭐 하나 알려줄까요? 뭔데? 어서 말해봐. 이미 알고 있는 거라서 별로 재미는 없을 텐데. 그래도 한 번은 제대로 말하고 싶어서. 지금 내가 안고 있는 게 뭘까요? 맞혀봐요. 혹시 해피? 메리? 베이비블랙? 나와 아내가 번갈아 가며 이름을 대자 세 마리의 아이들이 소리를 냈다. 들리죠? 얼마나들 뛰어다니는지 여기 구름들이 정신없다고 난리예요. 아내는 다시 머리를 묶고 내 양복은 다시 옷걸이에 걸렸다. 우리는 마당에서 조촐한 저녁을 먹으며 주황빛, 보랏빛, 파란색이 짙게 섞인 석양 아래에 오랫동안 머물렀다.

〈128쪽〉

열네 살의 내 딸이 멀리서 달려오는 모습이 보인다. 내가 걷는 양쪽 길에는 유채꽃이 피어 더없이 아름다웠지만 내 눈은 오직 싱그러운 머리카락을 찰랑거리며 하얀 원피스를 입은 딸에게만 집중되어 있다. 나도 속도를 다해 딸에게로 달려간다. 아빠! 아빠! 춤을 추듯이 나에게 달려오는 내 딸을 드디어 품에 안았다. 내딸! 나의 보물! 왼쪽 볼에 있는 작은 보조개를 확인하고 작은 등을 어루만지고 눈을 마주치자 지상에서의 길고 길었던 시간은 사라졌다.

"저, 엄마는……."

"응. 알아요. 엄마도 곧 올 거야. 걱정하지 마요. 아빠."

딸이 손가락으로 입술을 모아 휘파람을 불었다. 그러자 눈처럼 하얀 메리가, 검정과 하양이 섞인 해피가, 그리고 사랑스러운 베이비블랙이 내게로 돌진하듯이 달려왔다. 꼬리를 흔들며 내 얼굴을 온통 침으로 적시는 아이들을 부둥켜안았다. 모두 가장 건강하던 시절로 돌아가 있었다. 베이비블랙이 앞장서서 어딘가로 이끌었다. 딸과 손을 꼭 잡고 걸어가니 우리 모두가 같이 살던 집이 보인다. 그리고 내 방에 들어가자 탁자 위에 타자기가 있다.

"아빠!"

딸아이가 나를 부른다.

"아빠, 이것 봐요. 엄마가 지금 손을 녹이고 있어요."

딸은 부엌에 놓여 있는 탁자 위의 작은 거울을 가리켰다.

아내는 두 손을 파라핀 용액에 넣고 있다. 항상 그 곁에 서 있던 내 모습이 없다. 그래도 아내는 똑같이 두 손을 들고 웃는다.

"고마워요."

A가 말했다.

"아니요. 아니요."

나는 책장 한 쪽을 되넘겨 다시 126쪽을 펼친 채로 A의 무릎 위 담요에 가만히 내려놓고 병실을 나왔다.

오늘은 열두 바늘을 꿰맸던 손바닥의 실밥을 푸는 날이다.

이 주 전, 꽃집 유리를 박살 내고 집으로 돌아와 수건으로 대충 손을 감싸고 잠을 자려고 했지만 통증 때문에 밤을 꼬박 새우고 말았다. 바닥에는 피가 흥건했고 집에는 소독약 하나 없었다. 다음 날 아침, 동네 병원을 찾았다.

내 차례가 되어 진료실에 들어가자 의사는 찢어진 내 손은 보지도 않고 무슨 스크랩북을 내밀며 읽어보라고 했다. 신문 기사를 잘라 넣은 비닐 안에서 파상풍, 이란 단어만 빨리 읽어냈다.

"읽었어요."

"그럼 이제 나쁜 것들은 빼내고 행운을 모아 꿰맵시다!"

수술실로 안내되어 침대에 누웠다. 간호사 한 명이 먼저 들어왔다.

"이 정도면 몇 바늘이나 꿰매야 할까요?"

"그건 명확히 말할 수가 없어요. 스무 바늘이 될 수도 있고 열 바늘이 될 수도 있어요. 얼마나 촘촘하게 하느냐는 선생님이 알아서 해주실 거예요."

이상한 의사에 딱 맞는 이상한 간호사다. 의사는 마스크를 하고 들어왔다. 저 의사에게 내 손을 맡겨도 될까.

"이제 마취를 합니다. 조금 따끔합니다."

나는 누운 채로 고개를 끄덕였다.

뭉근한 기운이 손에 돌자 천장을 바라보며 다른 생각을 하려고 했다.

"그전에 다른 수술을 해본 적이 있나요?"

"아니요. 없어요."

"아, 영광입니다."

정말 웃기는 병원이다. 뭐가 영광인가. 환자의 긴장감을 풀어주기는커녕 그로테스크하기까지 하다.

"자, 수고하셨습니다. 이틀마다 오셔서 소독을 받으세요. 아주 중요한 일입니다."

집으로 돌아와 붕대를 풀어보니 시뻘겋고 푸른빛이 도는 손바닥에 열두 땀의 검은 실이 정교하게 매듭지어 있었다. 더없이 훌륭한 솜씨다. 어떻게 이토록 완벽하게 틈을 메웠을까, 진심으로 경탄스러웠다.

"이제 실밥을 풉니다. 이제 나쁜 것들은 모두 사라지고 좋은 일만 있을 겁니다."

나도 모르게 피식 웃었다. 의사는 바로 내 손에 집중했다. 손바닥을 꿰맬 때보다 실밥이 빠져나가는 통증이 더 심했다. 12, 라는 숫자를 세며 눈을 질끈 감고 겨우 참아냈다.

"감각이 다시 돌아오려면 좀 시간이 걸립니다."

내 손바닥에 다시 붕대를 감아주며 간호사가 말했다.

슬쩍 쳐다본 내 손바닥에는 작은 바늘구멍들이 나 있고 손금은 엉켜 있었다.

"보통 언제쯤이면 감각이 돌아오나요?"

"한 달이 걸릴 수도 있고 더 걸릴 수도 있어요."

이 병원에서 질문을 한 내가 잘못이다.

"만약에 한 달이 지나도 감각이 없으면 꼭 오셔야 해요."

"무슨 방법이 있나요?"

"파라핀 요법이 있어요."

내가 손을 다친 건 A를 만나기 전, 126쪽에서 128쪽을 알기도 전이다. 요양병원에서의 일들과 연결하고 싶지 않은데 또 마음이 울렁거린다.

"파라핀이요?"

"굳은 것들을 유연하게 해주거든요."

난 또 하나의 연결고리에 집착한다. 파라핀, 이라는 단어를 빌미 삼아.

손.

마를 틈 없이 씻어대던 어린 N의 작은 손. 녹음기를 눌러대던 나의 손. 늘 책에 베인 상처가 나 있던 S의 강직한 손. 슬쩍 훔쳐봤던 엄마의 주름이 늘어가는 손. 내가 N에게 마지막으로 던진 지독한 말 속에 들어 있던 단어, 손. 쪽지 하나를 던지고 나가며 탁자를 한 번 짚던 N 어머니의 낯선 손. 손톱 모양이 어땠는지 기억조차 없는 꽃집 여자가 돈봉투를 내밀던 손. I, 라고 태연하게 거짓말을 적던 나의 손. 책을 내밀던 A의 핏줄이 도드라졌던 손. 파라핀 속에 집어넣던 책 속, 아내의 손. 그리고 퉁퉁 부어 감각을 찾을 수 없는 나의 손.

그만하자.

Persona. 그 한 단어를 per. son. a로 따로 분리하자 Son이라는 고유의 단어가 따로 생겨났다. Son. 아들과 태양을 동시에 의미하고 한국어로는 손, 이라고 읽힌다. Son+a. a를 대문자 A로 바꿔본다. Son+A. 태양과 A. 아들과 A. 입으로 발음해본다. Sona. 소나.

소나, 중에 마지막 발음인 나를 알파벳으로 다시 바꿔본다. NA. 나, 그러니까 나라는 건 에고(Ego).

아. 진짜 그만하자.

Son, 은 세 글자. 3. 3에서 더 연상되는 건 없었다. 다행이다. 자고 싶다. 난 이불 속으로 몸을 넣었다. 아! 126쪽. 127쪽. 128쪽. 세 쪽. 3이다. 이불을 머리끝까지 덮고 실은 A의 그 책을 모조리 읽고 싶어 안달이 난 내 본심에 경고를 날렸다. 그만하라고! 제발 잠 좀 자라고! 그러니까 다시 돌아온 세 글자의 Son. 손. 그러다 다친 손을 베고 어느새 잠이 들었다.

다음 날, 나는 서점으로 가기 전에 일부러 꽃집으로 갔다. 꽃집은 그저 폐허의 공간이 되어 있었다. 불에 탄 흔적도 전혀 보이지 않았다. 꽃집 여자는 어디로 갔을까. 또 어디에서 나 같은 여자를 찾아 일을 벌이고 돈다발을 내밀며 다리를 꼬고 앉아 있을까. 없는 번호라는 휴대폰의 기계 음성. 예상한 일이었다. 난 대화를 나누고 싶은 게 아니라 간절히 목을 조르고 싶었다. 지금도 그 감정은 마찬가지다. 우리는 서로에게 불법 같은 존재였다. 마음을 나누지 않아서 알게 되는 것도 있는 법이다. 나와 꽃집 여자는 각자 따로 노는 관절이었고 가면과 가면으로 파티에서 스친 기억은 있어도 기록은 전혀 없는 만나지 말았어야 할 또 하나의 수치스러운 이면지들의 더러운 콜라보였다.

나는 서점으로 갔다. 우선 검색대에서 A라는 이름을 가진 작가들의 책을 검색했지만 아무 소득이 없었다. A는 혹시 필명으로 글을 쓴 걸까. 오래된 책이라 절판이 된 걸까. 제목을 모르니 방법이 없다. 하지만 그대로 서점을 나올 수가 없다. 신간 진열대를 지나 서가에서 감이 오는 대로 책들을 집어 126쪽을 펴보고 닫고 다시 제자리로 돌려놓고 다른 책을 폈다. 126쪽에서 128쪽으로는 허기졌다. 병원을 뛰쳐나오며 그 슬프고도 아름다운 이야기에 완전히 사로잡혔다. 그전의 이야기도, 그 이후의 이야기도 궁금해서 견딜 수가 없었다. 그렇게 두 시간 넘게 온갖 책의 126쪽을 보고 나자 붕대에 피가 조금씩 배어 나오기 시작했다. 나쁜 유혹이 자꾸만 들러붙는다. 책의 제목만 알 수 있다면. 그러려면 다시 요양병원에 가야 하고 거짓말을 해야 한다. 무엇보다 A를 다시 만나는 건 죄를 짓는 일이다. 조금만 더 생각을 미뤄두자. 먼저 정리해야 할 생각이 있다.

집으로 돌아와 붕대를 풀고 살펴보니 딱 실밥 두 개 정도의 자리에서 피가 조금씩 나고 있다. 병원에 갈 정도는 아닌 것 같아 연고를 바르고 다시 붕대를 감았다.

삼 년 전에 요양병원을 찾아온 사람이 진짜 N이라는 가정하에 N의 어머니가 말한 N이 세상을 떠났다는 시기를 비교해보려고 노력했지만 머리는 더 이상의 생각을 거부하고 있다. 그저 최근

삼 년 동안 적어도 N, 이라는 남자 말고는 내가 최근의 방문자라는 것만이 사실이다.

A가 읽어달라던 126쪽에서 128쪽 사이의 얘기는 어쩌면 자전적인 이야기가 아닐지도 모른다. 내가 너무 감정이입을 한 걸지도 모른다. 그리고 소설은 자전적인 요소가 들어가도 자서전은 아니다. 작가는 얼마든지 인물의 성별이나 관계나 상황을 멀지 않게 기술하며 자신을 속이기도 하는 능력으로 살아가는 존재다. 아니면 가명, 이라고 명시해놓고 진짜 이름을 쓰는 페이크를 사용할수도 있다. 그렇다면 그 열네 살의 딸은 N을 열네 살까지는 어떻게든 몰래 지켜봤던 A의 심정일까. 하지만 글 속에서 불던 미풍과 파라핀과 스톡이라는 작은 꽃잎의 꽃들과 석양이 내리는 저녁 풍경이 너무나 생생해 허구, 라고 믿고 싶지가 않다. 믿어지지 않는다. 하지만 128쪽에서 먼저 천국으로 간 사람은 A, 이다. 사이가좋았던 책 속의 아내는 그럼 왜 A의 곁에 없는 걸까. 그렇다면 또 허구, 에 무게가 실린다. 나는 작가가 아니다. 나는 추리소설을 좋아해도 탐정이 아니다. 자발적으로 묘한 일에 휩쓸리고도 여전히 호기심에 지배당하고 있는 보통의 인간이다. 하지만 다시는 A에게 가지 않기로 했다.

"안녕하세요."

"안녕하세요. 어서 오세요."

딱 이틀을 버티고 내 욕망은 양심을 이겼다. 나는 다시 I가 되었다.

219호로 들어가자 A는 잠이 들어 있었다. 무릎 위에 그 책을 펼쳐놓은 채. 이번에는 책의 겉장을 위로 놓고. 난 손 하나 대지 않고 책의 제목을 볼 수 있었다. 몇 번이나 다시 보고 또 보았다. 그리고 도망쳤다.

이제는 온갖 책들의 126쪽을 펼칠 필요가 없어졌다. 서점의 문을 열고 들어가 제일 먼저 보이는 직원에게 달려갔다.

"저, 책을 찾고 있는데요."

숨은 헐떡이고 목 언저리로 땀이 흘러내렸다.

직원은 컴퓨터 자판에 손가락을 올렸다.

"책 제목이나 작가 이름을 말씀해주세요."

"페르소나. 페르소나예요."

직원이 패, 라고 검색창에 글자를 입력했다.

"아니요. 어이, 요."

다시 페르소나, 라고 네 글자를 입력하는 이 초의 시간이 너무 길었다.

"그웨나엘 오브리의 페르소나, 맞나요?"

"아니요. 외국 작가가 아니에요."

"잠시만요. 아, 여기 달 속의 페르소나라는 책이 있네요. 이 책이 맞나요?"

"아니요. 그냥 페르소나예요."

직원은 마우스로 커서를 앞뒤로 움직이다 잠시 멈추고 말했다.

"혹시 작가 이름을 아시나요?"

"A요."

검색 바에 A라는 이름을 치자 검색 결과가 없다고 나왔다.

"그런 이름의 작가는 없는데요."

"네?"

"검색 결과에는 없어요."

"그럴 리가 없어요. 혹시 절판된 책은 검색이 되지 않나요?"

"출간된 책은 절판됐어도 검색에 떠요."

출판사에 근무했던 내가 이렇게 바보 같다.

"네. 고맙습니다."

더는 바쁜 서점 직원을 잡아둘 구실이 없었다. 책 제목에 놀라 이번에는 출판사와 저자의 이름을 보지 못한 것이다.

바로 다음 날, A를 만나러 갔다. 내 거짓을 자백해야 했다. 최대한 빨리.

"안녕하세요. 어떻게 오셨는지?"

처음 보는 좀 앳된 인상의 직원이 앞에 있다.

"안녕하세요. 219호의 A 작가님이요."

"A 작가님이요?"

"네."

그녀가 내민 종이에 세 번째이자 어쩌면 마지막일 I, 라는 이름을 적었다.

반쯤 열린 방 안에서는 책을 읽는 소리가 들려왔다. 나와 두 번 만났던 그 직원이 천천히 책을 읽고 있었다. 나는 방으로 들어가지 못하고 문 앞에 서서 귀를 기울였다.

"우리의 딸이 갓난아이였을 때, 처음으로 내 엄지손가락에 감기던 그 거인보다도 더 강한 힘을 난 잊지 못한다. 내 손가락 하나가 세상 전부인 것처럼 매달려 놓지 않았다. 일곱 살 때 엄마의 매니큐어를 몰래 바르고 달려와 자랑스럽게 내민 손톱 밖으로 번져 있던 분홍색의 잔상을, 엄마는 손이 차가워, 하며 아내의 손을 작은 손으로 비벼대던 착한 열 살의 그 손을, 내 책을 보물처럼 안고 잠이 든 딸의 손에서 책을 슬며시 꺼내려고 하면 잠꼬대를 하듯이 싫어, 라고 하며 다시 책을 챙기던 고집스러운 그 손을 결코 잊지 못한다. 그런 손과 손톱과 살결은 굳은살이 생기기 전에, 더러운 것을 만지기 전에, 세상의 그 많은 매니큐어를 발라보지도 못한 채 예쁘게 박제되었다."

126쪽의 중간에서 끝부분이다. 난 127쪽을 기다리고 있었다.

"요즘 오는 I양의 인상은 어떤지 궁금한데."

"외모는 예쁘장하게 생겼어요. 동공이 크고, 목소리는 아시겠지만 작고. 음. 분위기는 좀 겨울 같아요."

"겨울?"

"네. 어둡지는 않은데 어쩐지 그런 느낌을 받았어요."

"겨울이라."

내 몸은 사시나무처럼 바들바들 떨렸다. A가 휠체어를 박차고 일어나 걸어와서 내 눈을 똑바로 보며 다시는 얼씬거리지 말라고 소리칠 것만 같았다. 동시에 내게 친절히 웃어 보였던 그 직원이 내 멱살을 잡으러 달려올 것 같았다. 하지만 바로 이어진 대화에 움직일 수가 없었다. 내가 듣길 바라는 것이다. 두 사람은 내가 여기 있다는 걸 아는 것이다.

"나는 죽기 전에 속죄할 사람이 있어. 그래서 아직 이렇게 살아 있는 건지도 모르지."

"그런 말씀 마세요. 아직도 정정하신데요."

"내 생은 처음부터 자유를 획득한 상태에서 시작되었어. 그게 좋은 운인지 어떤지도 알기 전에 이미 갖춰진 배경이었지. 간절히 갈구해 쟁취한 것은 아예 없었어. 내가 태어난 집의 모든 장소에는 그저 예술들이 걸려 있고 놓여 있고 쌓여 있었어. 책, 그림, 그리고 집안의 예술가들. 내가 『카인과 아벨』을 읽은 건 갓 아홉 살이 되었을 때였어. 책의 내용을 전부 이해하지는 못해도 형인 카인이 동생인 아벨을 죽였다는 것만은 알았지. 그걸 깨닫던 순간 발끝에서부터 올라오던 한기를 아직도 기억해. 그때, 삼촌이 내 앞을 지나가고 있었어. 난 온 힘을 다해 삼촌을 불렀어. 하지만 삼촌은 내가 거기 있는 것도 모르는 듯 손에 들고 있던 책에 빠져 조카 앞을 유유히 지나쳐 갔어. 아마 삼촌이 아니라 다른 사람들도 그랬을 거야. 그런 집안이었어. 열 살도 안 된 아이가 카인과 아벨에 대해 알아버렸는데 아무도 상관할 용의조차 없었어."

잠시 뒤에 A가 다시 말했다.

"어머니는 내가 열 살이 넘은 어느 날, 한 가지 약속을 받아내기 위해 내 방으로 왔어. 난 어머니의 말을 듣고 크게 고개를 끄덕였어. 걱정하지 마세요."

"무슨 약속이었는데요?"

"그림만은 건드리지 말라고. 난 한 번도 그림을 건드린 적이 없는데. 하지만 곧 알게 됐지. 며칠 후에 어머니는 아버지가 없는 시간에 그림 하나를 사들였어. 이 층에는 어머니만의 방이 있었는데, 그림을 든 사람들이 이 층으로 올라가는 동안 어머니가 매서운 눈초리로 그들을 감시하는 걸 몰래 봤어. 그리고 그들이 떠나자 집 안은 아무도 없는 것처럼 고요하기만 했어. 어머니는 이 층에서 한참이나 내려오지 않았지. 기다리다 지친 내가 이 층 계단으로 올라가려고 하자 저 위에서 어머니가 날 내려다보며 사납게 말했어. 어딜 올라와! 약속했잖아. 어서 네 방으로 가! 날 거부하는 눈 속에서 이상한 광기를 봤어. 원래 쌀쌀하고 차갑기는 했지만 그렇게 화를 낸 적은 없었어. 도대체 무슨 그림이기에 어머니를 그토록 흥분시킨 걸까. 어머니가 미워질수록 그림에 대한 호기심은 커져만 갔어. 꼭 그 그림을 내 눈으로 보고야 말겠다며 기회를 노렸어. 이 층에는 여섯 개의 방이 있었는데 세 개는 손님방, 두 개는 아버지의 서고 같은 거였고 남은 하나는 어머니의 비밀 창고였어. 아버지가 들어가봤는지는 모르겠지만 그 방에 그림들이 가득한 것이 못마땅해서 아마 외면했을 거야. 며칠이 지난 어느 날 일찍 잠에서 깨어났어. 새벽빛에 의지해 발꿈치를 들고 이 층으로 올라갔어. 어머니의 방에는 그전에는 없던 자물쇠가 채워져 있었어. 그림에 대해 더 깊어진 호기심을 안은 채 방으로 돌아왔지. 하지만 열쇠에 대한 생각으로 잘 수가 없었어. 거의 열흘쯤 뒤에 외출에서 돌아온 어머니가 열쇠 하나를 지갑에서 몰래 꺼내 부엌 구석에 있는 파란 도자기 속에 넣는 걸 봤어. 정기적으로 어머니가 외출하는 요일은 화요일 오후와 금요일 오전이었어. 나는 다음 주 화요일 오후가 가장 적당하다고 생각했어. 아마도 집 안에 삼촌은 있겠지만 그건 전혀 문제가 아니었지. 스물일곱의 삼촌은 자신이 랭보라도 된 듯, 늘 서른일곱 살에 죽을 거라며 눈이 부신 햇살이 내린 세상을 블라인드로 차단하고『지옥에서 보낸 한철』이란 책을 든 채 낮잠을 자다가 일어나 어슬렁거리다 종종 종이에 무언가를 마구 쓰다 찢어버리는, 그저 내 눈에는 이상한 유령이었어.

드디어 화요일이 오고 난 학교에서 돌아와 집 근처에서 엄마가 외출하기만을 기다렸어. 엄마가 차를 타고 나가자 나는 얼른 집으로 소리 없이 뛰어 들어와 삼촌이 어디 있는지 살폈어. 유령 같기는 하지만 그래도 가끔 제정신일 때도 있으니까. 삼촌은 거실에서 랭보와 함께 잠이 들어 있었어. 물잔을 들고 파란색 도자기 안으로 손을 넣자 차가운 열쇠가 손에 잡혔어."

"너무 무리하지 마세요. 괜찮으세요?"

직원의 목소리에는 진심 어린 걱정이 가득했다.

"괜찮아. 듣는 자네가 고생이지."

"실은 다음 얘기가 너무 궁금해요."

물 한잔을 마시고 A의 이야기는 다시 시작됐다.

"그 그림은 우리 집 계단이나 거실에 걸려 있던 어떤 그림과도 달랐어. 어머니는 새로운 것을 발견해낸 거야. 말하자면 자신만의 누벨바그지. 새로운 물결. 그런데 내 눈에 그 그림은 내 스케치북에 있던 그림과 별로 다를 게 없었어. 나는 조금 더 그림에 가까이 갔어. 그림을 그리다 신경질이 나서 아무 색이나 마구 문질러댄 것 같더군. 청록색과 주황색과 빨간색과 초록색이 어떤 규칙도, 선도, 모양도 없이 어지럽게 겹쳤다 따로 놀고 있었고 그림을 그리다 먹던 우유가 떨어진 것처럼 불투명한 하얀색이 점점이 흩어져 있었지. 그런데 묘하게도 그 그림을 볼수록 멍하게 빠져들었어. 물감들이 울퉁불퉁하게 그림 밖으로 튀어나온 질감이 신기했어. 지금이라면 아마 이렇게 표현했을 거야. 독창적이고 훌륭한 상처라고. 그림에는 절대 손을 대지 말라는 어머니의 당부는 완전히 잊은 채 내 손은 나도 모르게 그림의 겉면을 만져보기 시작했어. 그림은 살아 꿈틀대는 것 같았어. 제일 먼저 우유 방울의 동그라미를 징검다리를 건너듯 만지고 빨간색을 잠시 따라가다 멈추자 초록색으로 손을 옮기고 있었지. 그 순간이었어. 내 손은 강한 힘으로 그림에서 갑자기 멀어지고 내 뺨에는 매서운 손바닥이 여러 번 지나갔어. 어머니였어. 그런데 동시에 어머니가 아닌 것 같았어. 세상에서 가장 화가 치민 그 얼굴의 모든 근육이 제각기 따로 움직이고 손에 낀 커다란 반지에는 내가 만지던 것보다 더 빨간색이 묻어 있었어. 그제야 나는 내 볼에서 뜨끈한 피가 흐르고 있다는 걸 알았어. 어머니는 아주 낮은 목소리로 말했지. 넌 나만의 신성한 영역을 침범하고 더럽혔어! 나는 볼이 너무 따가워 소리를 쳤어. 지금 얼굴에서 피가 난다고요! 저 그림이 나보다 더 중요해요? 다음 날, 어머니는 인부 한 명을 불러다 그 그림을 쓰레기 던지듯 줘버리더라고."

나는 얼른 자리를 피해 병원을 나와 전속력으로 달렸다. 내 허술한 가면은 내가 자백을 하기도 전에 들켰다. A의 얘기는 나와는 상관이 없는 것이었지만 그건 그저 늙어버린 노인의 쓸쓸한 넋두리가 아니었다. 방문이 열린 밀실에서 공표한 경고였다. 다시는 여기에 오지 말라는. 다시는 그 책을 찾을 생각 따위는 꿈도 꾸지 말라는. 그냥 겨울처럼 얼어붙은 채로 살아가라는.

"네. XX 병원입니다."

"부재중 전화가 와 있어서요."

"안녕하세요. I씨의 전화 맞죠?"

"네."

"시간이 되시면 여기로 와주실 수 있나 해서 전화 드렸어요."

어제 내가 몰래 엿들은 사실을 아는 게 틀림없다.

"혹시, A 작가님에게 무슨 일이 있나요?"

나는 최대한 떨리는 심장을 들키지 않으려고 애쓰며 물었다.

"작가님이 I씨를 만나고 싶다고 해서요."

"바로 갈게요."

드라이어로 급히 머리를 말리다 결국 다친 손을 건드리고 말았다. 붕대에 조금이지만 다시 피가 맺히고 있었다. 어쩌면 다시 꿰매야 할지도 모르겠다. 도무지 낫지를 않는다.

"저, 왔어요."

나는 다시 한 번 자백을 할 기회를 얻었다. 어디까지, 어떻게 털어놓아야 할지는 모르지만. 그보다 A를 보자 그저 마음이 묘하게 해체된다.

난 용기를 잃기 전에 먼저 말했다.

"저는 I, 가 아닙니다. 거짓말을 했어요. 전 J입니다."

"이름이 뭐 그리 중요한가."

"제가 거짓말을 했다는 게 중요해요. 죄송합니다."

"그럼 이제 J양이라고 하면 될까?"

"네."

"처음 온 날, 내 책을 읽어주었지. 그날, J양은 내게 아주 귀한 선물을 줬어."

"네?"

"진심으로 한 글자, 한 문장을 읽어주던 단정하고 따뜻한 목소리에, 그 마음에 고맙다는 말도 제대로 못 한 게 내내 마음에 걸렸다오."

"슬프고 아름다웠어요."

말로 내뱉은 감정은 내 귀에 그저 가벼운 감상처럼 들렸다.

"그 책의 제목을 훔쳐봤어요. 그리고 서점에 가서 찾아봤어요."

"페. 르. 소. 나."

A는 언젠가의 N처럼 그 단어를 나눠서 발, 음, 했다.

그 말에 어떤 주문이 걸린 듯이 난 A에게 모든 것을 털어놓았다. 낡은 것들이라고 넣어놓았던 모든 것들은 말이라는 형태로 모든 서랍을 열고 A에게로 건너갔다. 이게 옳은 일이 아닐지도 모른다는 두려움 속에서도 도저히 멈춰지지 않아 자백하고 또 자백을 토해냈다.

"우선 자신을 너무 괴롭히며 사는 건 옳지 않다는 말을 해주고 싶은데."

그토록 내 귀에도 비현실적으로 들리는 이야기가 끝나자 A가 말했다.

"누군가를 원망하는 에너지와 자신을 단죄하는 에너지는 파장이 다르다오. J양의 이야기에는 자신을 단죄하는 파장이 더 강하게 느껴져. 나는 어쨌든 겉으로는 부유한 방랑자였지만 늘 자신 속에 갇혀 있었어. 그건 다른 말로는 늘 자신이 우선이었다는 의미이기도 하네. N은 내 아들이 맞네. J양이 생각하는 그 N은 정말 N이겠지."

"네?"

"N은 방으로 들어오지 않았어. 그저 누군가가 방 근처에 머물다 간 듯한 느낌이 들어 직원에게 물어보니 N의 이름을 말해줘서 안 거지."

한 가지만은 털어놓지 못했다. N이 죽었다는 N 어머니의 말만은 절대 할 수가 없다.

"난 N의 어머니란 여자를 정말 좋아했어. 그녀는 말하자면 '현실'이었어. 그녀가 집 안을 걸어 다니면 진짜 사람의 발소리가 났고 누가 뭐라든 창문을 열어 먼지를 털어냈어. 내 집안의 누구도 그녀를 인정하거나 받아들이지 않아도 상관없이 그저 자신이 하고 싶은 일을 했지. 그리고 N이 태어났어. 아무도 그 갓난아이를 안아보려고 하지 않았어. 아기 울음소리가 그저 소음처럼 취급을 받자 그녀가 말했어. 여기는 생명력이 없어요. 여기에서 내 아이를 키울 순 없어요. 그러니 결정해요. 난 여기에 더는 머물지 않을 거예요. 당신도 같이 나가요. 하지만 난 그녀가 정말 N을 데리고 나가는 순간에 움직일 수가 없었어. 그렇게도 지긋지긋해하던 그 집에서 벗어날 수가 없었어."

갑자기 A가 싫어졌다. 그럴 권리가 전혀 없다는 걸 알면서도.

"다시 N을 찾지는 않으셨어요?"

"딱 한 번. 하지만 그전에 그녀가 나를 알아보고 죽일 듯이 말했어. N에게는 아버지가 죽었다고 이미 말했으니 다시는 얼씬도 하지 말라고."

우리는 더 할 말이 없었다. 적어도. 오늘은. 하지만 끝나지 않왔다.

"우리는 모두 서로에게 고통을 주지만 결국 승자는 도망치지 않는 인간이야. 도망친 인간이 할 말은 아니지만."

"도망치지 않아도, 어차피 온전하게 안지 못하는 인간은 도망친 것과 다르지도 않아요."

"J양."

"네."

"나는 작가가 아니네. 읽어준 책은 내가 쓴 건 맞지만 출간을 하지 않은 글이야."

그래. 그건 이제 상관없다.

"그럼 제가 읽은 페르소나, 의 이야기는 실재인가요?"

A가 고개를 끄덕였다.

"J양. 한번 손을 잡아봐도 될까?"

난 A의 손에, N의 아버지 손에 내 손을 겹쳤다.

"아. 손을 다친 건가. 손에 붕대가 있는데."

별거 아닌데, 나 스스로 상처를 낸 건데, 그냥 열상을 입고 만난 이상한 의사를 욕할 수도 없는데 나는 펑펑 울고 말았다. 너무 아프다고. 왜 다친 줄도 실은 잘 모르겠다고. 그냥 너무 아파서 당장이라도 죽을 것 같다고.

사로잡히는 것보다 더 높은 단계. 생각보다 감각이 더 활개를 치는 곳. 가벼운 해프닝의 옷을 입은 자는 바로 참살당해도 아무도 애도를 표하지 않는, 용서의 급이 긴밀하고 복잡한 기준이 형성되어 있는 지친 자들의 숙소. 자신이 버린 것을 다시 흙 속에서 파내야만 했던 순간에 말간 얼굴에게 혼자 안녕을 고했던 순간을 기억하고 있는 급소의 집합체. 들숨과 날숨을 한숨으로 통합시키고 인간의 아가미를 벌리고 닫는 것을 아직 멈추지는 못한 나지막한 생존에 자꾸 눈 돌리는 나약함 속에 깃든 불씨를 외면하고 있는 가여운 무거운 것들.

잠시 I, 라는 타인이 된 나의 거짓 이름과 팔아먹은 에고.

내 영혼의 필터 속에 자꾸 걸리는 어린 n.

비극적인 운명의 오필리아가 그토록 되고 싶었던 S.

생의 마지막 고개를 내게 기울여준 A.

나의 예민하고 잔인하고 아름다웠던 연인 N.

그리고 잃어버린 사랑을 술로 채우다 제 명을 다하고 알코올의 세상에서 추방당한 e.

우리의 이름을 조합하자 insane, 이었다. 이것도 내 강박증이 엮어낸 우연일까. 미친 짓일까. 모르겠다. 그저 무언가에 지독하게 미쳐본 인간들의 진짜 표본이다.

여기.

다른 곳은 어떤지 잘 모르겠어.

하지만 여기 지구에서는 모든 것이 꽤나 풍요로워.

여기서 사람들은 의자와 슬픔을 제조하지.

가위, 바이올린, 자상한, 트랜지스터,

댐, 농담, 찻잔들을.

2012년 4월에 작고한 거장의 문장을 소리 내어 읽는다. 그녀의 모든 것에 대한 마지막 말은 충분하다, 였다. 유고집으로 엮인 책 속에는 미완성 원고가 자필로 인쇄되어 있었다. 그걸 다시는 볼 수 없는 A를 대신해 나는 천천히 읽었다. A의 입술은 나와 똑같이 움직였다.

"오늘은 J양이 좋아하는 문장을 읽어줬으면 하는데."

"네. 그럴게요."

『충분하다』를 내려놓고 그녀의 다른 책 『끝과 시작』을 가방에서 꺼냈다. 왜 그녀는 책 제목을 '시작과 끝'이라고 하지 않았을까. 물론 '끝과 시작'이 더 매력적이라고 생각하지만. 그녀는 그 사이의 거대한 차이를 이미 터득했음이 분명하다. 끝과 시작이 어쩌면 가장 먼 사이라는 것을. 하지만 가장 멀리 보이는 점들이 가장 단순하게 이어져 있다는 것을. 그래서 시작과 끝보다, 끝과 시작은 불행하지 않은 순서다.

어쨌든 나는 돌아가야만 한다.

내 시의 유일한 자양분은 그리움.

그리워하려면 멀리 있어야 하므로.

그것이 내가 마지막으로 A에게 읽어준 구절이었다.

J로 날 복귀시켜준 A에게 조심스럽게 부탁했다.

"괜찮으시면 이야기를 좀 더 듣고 싶어요."

"어떤 이야기가 듣고 싶은지 편히 말해도 되네."

"아내분에 대해서요."

A는 잠시 틈을 두었다가 입을 뗐다.

"아내와 나도 싸웠다네."

"상상이 안 돼요."

"아내는 내가 글을 쓰기를 간절하게 원했어. 딸아이가 그렇게 가버리기 전에는 난 아주 긴 소설을 몇 년 동안 쓰고 있었고 딸아이에게는 일부만 발췌해서 제본된 책을 준 거였지. 하지만 더는 글을 쓸 수가 없어서 검은색 타자기를 창고 어딘가에 넣어버렸어. 그렇게 일 년 정도가 지나자 아내는 일부러 내 눈앞에서 타자기의 버튼 하나, 하나를, 버튼의 틈 속과 또 다른 틈 속까지 꼼꼼하게 닦아대기 시작했어. 지금 뭐 하는 거야? 화가 머리끝까지 치밀었는데 아내는 아랑곳하지 않고 조금 있다 저녁을 차릴게요, 라고 말했어. 난 집을 나와 가까운 술집으로 들어가 늦은 밤까지 술을 마셨어. 그런 일이 계속되어도 지치는 건 나였지 아내는 아니었어. 먼지투성이였던 타자기가 검은색의 최고급 그랜드피아노처럼 윤기가 흐르고 하얀 종이까지 끼워진 채로 모든 준비를 마치고 날 바라볼 때마다 그걸 집어 던지고 싶었지만 그래, 나는 글을 쓰고 싶었어. 미치도록 쓰고 싶었지. 타자기를 볼 때마다 손가락이 저절로 움직여서 주먹을 꽉 쥐곤 했어. 하지만 그것을 거부하는 게 나만이 할 수 있는 속죄라는 것도 포기할 수가 없었어. 글을 쓸

때면 난 모든 것을 잊어. 그래서 두려웠어. 그럴 일이 절대 없겠지만 딸아이를 잊을 시간을 다시 갖는다는 것이. 그렇게 또 백일이 지난 어느 날 밤, 나는 타자기가 눌리는 소리를 듣고 잠에서 깨어 소리가 나는 곳으로 갔어. 식탁 앞에 앉은 아내는 작은 불빛 아래서 타자기에 손을 올리고 옆에 놓인 책을 보며 타자기의 버튼을 한 음, 한 음 집어내듯이 옮기고 있었어. 내가 지켜보고 있다는 것도 모를 정도로 몰입해 있었지. 아내는 예전의 내 모습이었어. 물론 아내처럼 더디게 키를 누르지 않는 것만 빼고는. 잠시 후 아내는 소설 한 권의 집필을 끝낸 얼굴로 탁자 위에 얼굴을 묻고 잠이들었어. 난 아내를 침대로 데려가려고 했지. 하지만 보지 않을 수가 없었어. 하얀 종이에는 단 한 문장만이 적혀 있었어.

〈이별이야말로 우리가 지옥에 대해 알아야 할 모든 것이다.〉

나는 조용히 타자기를 들고 창고로 들어갔어."

아. 이것 역시 우연인가. 오래전이지만 에밀리 디킨슨의 그 문장을 내 졸업논문에 분명히 인용했다. 수많은 인용구 중에 기억에 남은 건 그 문장 전과 후, 그 사이에 N과의 이별이 있었기 때문이다. 확실하다. 확신한다. 기억하고 있다.

"게걸스럽게 난, 미친 것처럼 난, 타자기가 나 자신인 것처럼 난 글자를 적어 넣었어. 종이를 바꿔 끼우는 시간만이 키에서 손을 떼는 유일한 쉼이었지. 나는 다음 날 오후에 창고에서 나왔어. 아내는 따뜻한 수프와 빵을 차려주고 난 탁자 위에 두꺼운 종이 원고를 올려놓았어."

"그 글이……."

"페르소나."

A의 장례는 조촐히 치러졌다. 가족으로 보이는 사람은 한 명도 없었다. 요양병원의 직원 세 명과 나, 그리고 베를린에서 거의 십 년 가까이 살다 급히 날아온 S가 전부였다.

"A 작가님이 전해드리라고 한 게 있어요."

"네?"

눈물범벅이 된 병원 직원이 서류 봉투 하나를 건넸다.

"돌아가시기 전에 제게 부탁하신 거예요."

"네. 고맙습니다."

"건강하게 잘 지내세요."

"건강하세요."

우리는 한 번 손을 잡고 헤어졌다.

후들거리는 내 몸을 S가 단단히 잡아주었다.

"진짜 미친 여자네."

S가 몇 번째 이 말을 하는지 셀 수도 없다.

"저도 미친 건 마찬가지예요."

"내가 옆에 있어야 했는데. 미안해."

"아니요. 아마 그때의 저라면 말렸어도 소용없었을 거예요."

"N의 어머니 일부터 도대체 너무 황당해서 뭐라고 말을 해야 할지도 모르겠네."

"혹시 N의 어머니 인상을 기억해요?"

"특별히 떠오르는 건 없어. 그때는 N과 친한 사이도 아니어서."

난 무엇을 더 확인하고 싶은 걸까.

"정말 한 번도 본 적이 없는 여자야?"

"누구요?"

"그 꽃집 여자라는 사람."

"전혀."

"혹시 N의 어머니가 꾸민 짓일 수도 있을까?"

"모르겠어요."

"N이 죽었다는 말을 믿어?"

"모르겠어요. 정말."

"나도 정말 모르겠다. N이 죽었다는 것도, N의 어머니란 사람도, 그 미친 꽃집 여자도, 그리고 A까지."

"난독증도 있었죠."

웃기려고 던진 말이었지만 둘 다 웃지를 못한다.

"머리를 좀 굴려봐야겠어. N에 대해서는 좀 알아볼게."

"뭔가 연결되어 있다는 느낌을 지울 수가 없어요."

"나도 그래."

"내내 말하지 못한 게 있어요."

내 말에 S의 눈은 또 커졌다.

"들으면 날 경멸할까 두려워서…… 오래 묵은 얘기예요."

난 N에게 내가 했던 마지막 일곱 마디를 천천히 토해냈다.

"이제 그 말은 내가 가질게. 고생했어."

S는 날 꼭 안아주었다. 나는 아주 오랜만에 집에 돌아온 것 같았다.

S가 돌아간 뒤 봉투를 열었다. 책 한 권이 들어 있었다. 내가 아는 책. 내가 그토록 읽고 싶어 안달을 냈던 책. 먼저 126쪽, 127쪽, 128쪽을 읽었다. 눈물이 책의 글자를 망칠까 아예 휴지를 눈에 대고 첫 장으로 돌아가 읽기 시작했다. 책장을 넘기자 모습을 드러낸 빈 종이에는 'Persona – A.'라는 손글씨가 적혀 있었다.

불필요한 단어 하나조차 없다. 부사 하나, 형용사 하나, 동사 하나가 완벽하다. 문장 끝을 단단히 받치는 벽돌 같은 어미(語尾)들은 여운을 남기고 망설임의 기운이 전혀 없는 어두(語頭)는 거침이 없다. 완벽한 문장이란 무엇인가. 그건 날것의 정직한 감정이다. 상처는 덤덤히 기술하고 외부적인 것들은 섬세히 관찰하여 묘사한다. 타자기를 두드리던 수억 개의 숫자만큼, 버려졌던 문장들의 장렬한 죽음은 어떤 흠도 잡을 수 없는 장대한 시(詩)였다.

멈추지 않는 그리움은 행간 속으로 파고들어 제대로 숨을 쉬고 자신을 향한 단죄는 더없이 야멸치고 애착은 진지하고 시리게 애틋하고 나약함에 빠져들기를 쉬지 않는다. 성찰 위에 부질없음이 뿌옇게 내려앉아 민낯을 잠시 보호하며 갈등을 겪고도 감탄을 강조하지 않기 위해 기호들을 최소한만 허락하고 절제한다. 터져 나오는 슬픔에 입을 막고 그래도 손가락 사이로 흘러내리는 것들은 그대로 놔두며 다음 문장으로 넘어간다. 마치 재채기 한 번이라도 하면 글을 오염시키기라도 하듯 주목받기를 미리 차단하면서도 엄청난 속도감을 냈던 순간들이 고스란히 느껴진다. 스스로 낮아지면서도 생생한 자존감을 잃지도 못한다. 글 속의 한숨은 세상에서 가장 커다란 몸집을 가진 코끼리보다 무겁고 아찔한 행복 앞에 쩔쩔매는 자신의 모양새가 부끄러워 관찰의 방식을 택하고 있다. 최대한 아주 먼 타인처럼, 종이 한 장이 다 채워져 타자기 밖으로 떨어지면 다음 문장들은 불행으로 만회한다. 마치 카푸치노의 생명인 거품을 일부러 걷어내듯이 자신을 벌한다. 이야기의 나열은 복잡했지만 그건 농담으로 가지 못한 농락과 농락하려다 농담을 하기 위한 심정을 더 선연히 드러냈다. A의 책은 장대한 시였다. 출간되지 않은, 출간을 원하지 않던, 출간이 되지 않은, 집을 떠나고, 집을 그리워하고, 집을 잃은 존재들을 위해 써내고 말았던 행복과 비통의 보고서이며 생의 백과사전이었다. 내가 만약 이 책을 서점에서 발견했더라면 값이 백만 원이라도 기꺼이 샀을 것이다.

마지막으로 A에게 읽어줬던 건 두 번째로 좋아하는 문장이었다. 가장 좋아하는 문장이 있었지만 차마 A의 귀에 넣을 수가 없었다. 그래서 이제야 『끝과 시작』125쪽을 펴고 읽는다.

우리 집은 오른쪽에 있고, 나는 근처 지리를 구석구석 꿰뚫고 있다.
집으로 향하는 층층다리를 지나 안으로 통하는 입구로 들어서면
거기에는 미처 화폭에 담기지 못한 또 다른 삶이 펼쳐져 있다.
안락의자 위로 뛰어오르는 고양이.
주석으로 만든 주전자에 빛을 드리우는 태양.
테이블 너머, 뼈만 앙상하게 남은 한 남자가 앉아
시계를 고치는 중.

나는 다시 수강생이 되었다. 한 대학에 프로파일러 과정이 개설되었다. 과정은 일 년 반이었고 수강비도 만만치 않았지만 지금 내가 하고 싶은 유일한 일이다. 강의는 화요일 저녁마다 여덟 시부터 두 시간 동안 진행되었다. 수강생은 나까지 열다섯 명이었다. 의외로 남자보다 여자들이 많았다. 강의는 현실적이었다. 이론만이 아니라 실제 범죄 현장에서 일하는 형사들과 전직 소방관들, 재심을 도맡아 정의를 지키고 있는 변호사들, 그리고 현재 우리나라에서 활동 중인 몇 안 되는 프로파일러들이 강의를 맡았다.

첫 강의에서, 스크린에 비춰진 참혹한 장면을 아무런 동요 없이 볼 수 있는 수강생은 거의 없었다. 이건 살인을 다룬 영화가 아니라 진짜 현실이다. 충격을 완화하기 위한 모자이크 따위는 당연히 없다. 더 크게 확대되고 거기서 더 확대될 뿐이다. 첫 강의가 끝나고 두 번째 강의에 수강생은 줄어들었다. 어쩔 수 없는 기시감을 느꼈지만 덤덤했다. 한 달이 지나자 남은 수강생은 홀쩍 줄었다. 그사이에 친해진 수강생들은 강의가 끝나면 술자리를 가졌다. 그날 본 사진들에 대한 감정을 추스르고 싶은 마음들이 유대감을 형성해냈다. 내일이면 다시 뚫어지게 들여다봐야 할 사진과 잠시라도 거리를 두고 싶은 마음에 술은 각자의 목으로 빠른 속도로 들어갔다. 내가 가장 나이가 많았고 가장 어린 R, 이라는 친구는 스물세 살의 남자애였다. 그는 술자리에는 빠지지 않았지만 유독 말이 없었다. 하지만 가장 침착한 태도를 유지하며 사진을 보고도 눈썹 하나 움직이지 않는 유일한 수강생이었다.

다섯 번째 강의에는 전직 소방관 한 명이 들어왔다. 휠체어를 탄, 불에 탄, 형체만 간신히 남아 있는 한 인간이 들어오자 강의실은 순간 침묵에 싸였다. 각자 울 수도, 울지 않을 수도 없는 감정 사이에서 의연하려고 노력했다. 경험담 같은 건 없이 바로 강의가 시작되었다. 그가 손가락으로 버튼을 누르자 스크린에 뇌의 그림이 펼쳐졌다.

범죄를 저지른 인간의 뇌를 분석한 그래프가 눈앞에 있다. 토지의 영역을 나누듯 네 개로 구획된 뇌의 영역이 보인다. 신문에서나 얼핏 보았던 그림이 확연하게 확대되어 처음으로 자세히 들여다본다. 우선 전두엽이 있다. 고등한 사고와 몸의 움직임과 운동을 담당하며 언어를 생성하고 지능과 관련 있다고 한다. 뇌의 가장 앞쪽에 있다는 전두엽은 가장 늦게 발달하지만 본능과 공격성, 그리고 도덕성을 관장해 부적절한 행동을 억제하고 인간을 가장 인간답게 만들어주는 부위라고 한다. 그저 마음의 문제라고만 생각했던 것에 던져진 과학적인 증명을 덧셈해본다. 가슴에 파고드는 시 구절을 읽은 듯이 '인간을 가장 인간답게 만들어주는 부위'를 뇌에 새겨 넣는다. 다음은 두정엽이다. 두정엽은 신체 감각의 정보를 받아내 정보로 기억하고 공간을 지각한다고 한다. 그리고 이어진 측두엽은 청각의 정보를 처리하는 기관으로 언어를 이해하는 역할을 갖고 있다고 한다. '측두엽 뇌전증'이라는 어려운 용어는 그나마 내가 아는 병명이었다. 간질. 잠시 기억을 잃고 반복적인 행동을 하는 증상을 일으키는. 그리고 마지막이 후두엽이었고 설명이 길진 않았다. 뇌의 가장 뒤쪽에 위치한다는 것을 내 뇌에 넣었다. 인간의 뇌는 뒤쪽부터 발달을 시작해 앞부분으로 확장된다고 하니 후두엽이 뇌의 모태 격일 것이다. 네 개의 이름이 입에 붙기도 전에 예시들이 적힌, 책상 위에 놓여 있던 프린트는 나중에 보라고 했다. 뇌의 기본 역할에서 이제는 진짜 범죄를 저지른 인간에 대한 연구로 들어갔다.

스크린에 큰 글씨가 순식간에 나타난다.

사이코패스(Psychopath)

반사회적 인격 장애를 가진 부류로 앞에서 설명한 기초에 따르면 전두엽의 기능이 일반인의 십오 퍼센트밖에 되지 않는, 본능과 공격성, 그리고 도덕성을 관장하여 부적절한 행동을 억제하는 기능이 현저히 낮다는 연구 결과가 있다. 타인의 고통에 무감각하고 양심의 가책을 느끼지 않는, 공감 능력이 거의 없는 인간 속 또 하나의 인간 군상. 많은 학자들이 연구해왔고 지금도 연구 중인 이 논지는 이 강의의 중점이며 핵심이었다. 가장 귀를 기울이게 됐던 예시 두 가지 중 하나는 1972년부터 인도양의 모리셔스에서 시작된 레인 교수의 일화였다. 원주민 아이 백 명을 대상으로 한 이십여 년의 연구 결과는 놀랍게도 너무나 기본적인 것이었다. '실험을 통해 알게 된 것은 충분한 영양 공급이 범죄 성향을 가장 많이 떨어뜨린다'는 것이었다. 열악한 환경에서 가장 중요한 것은 매일 먹는 음식이다. 그건 누구나 고개를 끄덕일 만한, 어쩌면 연구 따위는 필요 없는 상식일지도 모르지만 여기서 한 가지 의문이 든다. 그렇다면 태생 자체가 부유해 영양가 넘치는 최고의 식사만 한 인간들이 저지르는 범죄나 만행은 어떻게 설명해야 하는가. 과잉 영양분도 범죄에서 깨끗하지 않다. 다른 하나의 예시는 영화 「마이너리티 리포트」에 설정된 상황이다. '2054년, 미국 워싱턴의 경찰은 범죄가 일어나기도 전에 범인을 잡는다'는 프리크라임 시스템(Pre-crime System)을 장담한다. 그것이 실현된다면 얼마나 좋을까. 하지만 그만큼 범죄자의 뇌도 더 치밀해지고 한계를 더 뛰어넘을 것이다. 인류 의학이 아무리 발달해도 생각지도 못한 전염병이 새로 생겨나고 약했던 세포들이 점점 더 독해지듯이 말이다.

모두가 홀린 듯이 그의 강의에 집중하고 있었다. 스크린의 화면이 꺼지자 적막이 흘렀다. 그는 장갑을 낀 오른손으로 화이트보드에 천천히 글자를 썼다. 헐렁하게 빈 나머지 세 손가락 대신 살아남은 엄지와 검지만으로.

"First In, Last Out."

살기(殺氣)와 살기(Survival)

숭고하고 특별한 강의가 끝나고 단골 술집에 열다섯 명이 모였다. 그날의 강사는 자신이 당한 사고에 대한 이야기는 한마디도 꺼내지 않았지만 그 존재 자체가 모든 걸 말해주고 있었다. 그는 그런 거대한 희생을 하고 몇 명을 구했을까. 몇 명을 구했든 이제 그의 나머지 생은 후회와 싸우며 지지 않으려고 매 순간을 버텨내야 하는 것은 분명하다. 몸이 감옥이 되면 정신도 갇혀버린다. 영웅이라는 치하도, 그가 마지막에 적은 소방관들의 정신 'First In, Last Out(구조 현장에 가장 먼저 들어가 가장 나중에 나온다)'도. 누군가의 도움 없이는 스스로 몸을 씻지도 못해 욕조로 부축을 받으며 들어가는 순간에도 그 신념이 굳게 버텨줄까. 자신의 정의감으로

163

택한 그 직업에 저주를 퍼붓지 않을까. 만약, 이라는 가정을 얼마나 혼자 주고받았을까. 그리고 만약, 그의 보통의 생을 완전히 앗아 간 그 작업에서 구해낸 사람이 끔찍한 범죄자이거나 살인마였다면. 이런 생각을 하는 내가 더 끔찍하지만 만약에 꽃집 여자나 N의 어머니가 극심한 위험에 처해 내게 구조의 손을 내밀고 있다면 난 절대 구조하지 않을 것이다.

"죽어 마땅한 인간들도 있지 않아요?"

처음으로 R이 뱉은 말에 모두가 당황했다. 처음에는 그 말투에, 다음에는 그 내용에.

"죽이고 싶은 이가 없는 사람도 이 세상에 있나요?"

범죄 현장을 보던 것보다 더 놀란 눈동자들이 R을 향했다.

"난 있어."

그 순간, 편이 바로 갈렸다. 또 험난해졌다. 인간들의 세상에는 평화란 없다.

맥주 가게에 들어서자 바에 앉아 있는 S가 보였다.

"왔어?"

"좀 늦었어요."

"친구는 좀 만들었어?"

"전혀."

소방관의 강의도, R의 얘기도 지금은 하고 싶지 않았다. 그냥 좀 쉬고 싶었다. 이미 친해진 바텐더와도 건배를 하고 소소한 이야기를 하며 맥주잔을 비워갔다.

"한 잔만 나눠 마시고 일어나자."

"오케이."

시간이 벌써 자정을 넘어 한 시가 다 되어가고 있었다.

그때, 누군가가 가게로 들어와 내 옆쪽 의자에 앉으며 말했다.

"마티니 한 잔 주세요."

"죄송합니다. 오늘 영업이 끝나서요."

"그래서 마티니 한 잔도 못 준다는 건가요? 아직 손님도 있는데."

"그럼 한 잔만 만들어 드리지요."

나는 S의 팔을 꽉 잡았다. 내가 잡은 S의 팔이 진동하기 시작했다.

'저 여자. 꽃집 여자.'

붕어처럼 입 모양으로 말이 나오지 않는 말을 전했다.

"어? 진짜?"

마치 말을 못 하는 사람처럼 눈꺼풀을 크게 닫았다 열자 S의 허옇던 얼굴에 분노가 떠올랐다.

"여기 있습니다."

꽃집 여자는 바텐더가 내민 마티니에 들어 있는 올리브를 꺼내 입에 넣었다.

저 주름진 목을 얼마나 조르고 싶었는지. 그 생각이 들자 내 안은 순식간에 얼음 같은 살기(殺氣)로 가득 찼다. 왼쪽을 향해 몸을 돌렸다.

"안녕하세요."

"누구?"

표정을 바꾸지 않으려고 안간힘을 쓰는 얼굴에 대고 웃으며 말했다.

"그동안 잘 지내셨나요?"

"오랜만이네요."

겨우 한마디를 받았다.

"전 어제 일 같은데요."

탁한 눈동자가 흔들리기 시작했지만 역시 그녀의 강단은 여전했다.

"내게 원하는 걸 말해요."

"우린, 우연이 아니었죠? 누가 당신을 사주한 거죠? 그것만 말해줘요. 더는 안 바라요."

"그런 건 없어요."

"그래요? 그럼 마지막 일을 하던 날로 돌아가 보죠. 왜 날 신고도 안 한 건가요? 아니면 못 한 건가요?"

"당신에게는 다행 아닌가요?"

그러면서 꽃집 여자는 반도 더 남은 마티니 잔에서 손을 가방으로 옮겼다.

"누구예요? 누구냐고요!"

"진짜 이름은 몰라요."

"상관없어요. 당신이 아는 것만 말해요."

"어떤 나이 든 여자였어요. 이름은 밝히지 않았어요."

난 N의 어머니라는 말을 듣고 싶었는지도 모른다.

"그 나이 든 여자가 뭐라고 하며 그런 일을 시키던가요?"

어느새 S는 자리를 옮겨 꽃집 여자 오른쪽으로 가서 앉아 있었다. 바텐더는 뭔가 만들고 있는 듯 손을 움직이고 있다.

"난 남편의 폭력을 견디다 못해 집을 나왔지만 내 아들은 데리고 나오지 못했어요. 시댁 식구들이 아들을 어디론가 빼돌렸거든. 그렇게 위자료 한 푼 못 받고 길거리로 나앉자 이를 악물고 닥치는 대로 일을 했어요. 어떻게든 아들을 데려오려면 방 한 칸은 있어야 하니까. 그렇게 몇 년이 지나 간신히 그 꽃집 하나를 차리긴 했는데 장사는 신통치 않았어요."

S가 끼어들었다.

"우리는 당신 이야기가 궁금한 게 아니에요."

꽃집 여자는 거의 전의를 상실해가고 있다.

"네네. 얘기합니다. 그러던 어느 날, 한 나이 든 여자가 가게로 들어와 꽃을 전부 다 사겠다고 했어요. 온통 시든 꽃들을. 난 그럴

수는 없다고 말했지만 결국 그 고집에 지고 말았어요. 세상에 이 상한 사람도 있구나 하면서도 돈이 생기니 좋았죠. 그 여자는 꽃 이 시들 만하면 다시 와서 똑같이 꽃을 가져가고 돈을 줬어요. 그 런 일이 계속 반복되자 그 여자가 무서워서 꽃집을 그만둘까 싶었 죠. 그리고 다음에 그 여자가 온 날 처음으로 얘기를 나눴는데 내 아들 얘기를 듣더니 가슴 아파하며 내 심정을 너무나 이해한다면 서 자기 아들 얘기를 했어요."

"무슨 얘기를?"

"그냥 자기 아들의 생을 망친 여자애가 하나 있다며 좀 혼내주 고 싶다고 했어요. 대신 내 아들을 꼭 데리고 오게 해주겠다고."

"하지만 내가 꽃집으로 간 건 정말 우연이었는데요. 이해가 안 가네요."

"우연 맞아요. 원래는 내가 접근하려던 건데 당신이 제 발로 온 거죠."

꽃집 여자의 입꼬리가 살짝 올라갔다.

"할 수 있는 말은 다 한 것 같은데."

더 잡을 수도 없었다.

일어나서 가게 입구로 몇 걸음 옮기던 꽃집 여자가 마지막으로 묻지도 않은 말을 던졌다.

"그 여자애의 마음을 죽여달라고 했어요."

갑자기 바텐더가 뛰쳐나가 얼음이 든 물잔을 꽃집 여자의 머리

에 부었다. 하지만 얼음물을 뒤집어쓴 건 나였다. 나이 든 이름 없
는 여자는 N의 어머니다. 그냥 알 수 있다.

차가운 물로 세수를 하고 또 한다. 그래도 내 뇌는 잠과 연합이라도 맺은 듯이 끝도 없이 뿌옇다. 하지만 완전한 결합은 아니었는지 절대 깊은 잠에 빠지지는 않는다. 그저 수면의 모양새만 갖춘 채 몽롱한 상태를 지속시킨다. 내일은 강의가 있는 날이다. 가야 한다는 옅은 의지와 가고 싶지 않다는 짙은 무기력 사이에서 갈등하지만 내 뇌는 이미 문이 닫혀버린 것 같다. S에게 선물 받아 아껴두었던 값비싼 작은 비누의 비닐을 벗겨내자 은은한 들꽃 같은 내음이 풍겼다. 비누로 손을 씻기 시작했다. 물과 비누가 만나자 거품이 생겨났다. 손바닥 하나 안에 들어갈 크기의 비누 모서리가 둥글게 변하고 새끼손가락보다 작은 보라색의 꽃잎 분말들이 손을 잠시 거쳐도 비누는 아직도 끈질기게 남아 있었다. 비누를 던져버리고 침대로 돌아와 이불을 뒤집어썼다.

쓸쓸한 인간들이 하는 짓이 있다. 외롭다는 것과 쓸쓸하다는 것은 비슷해 보여도 엄연히 다른 영토다. 외로운 인간은 인간을 필요로 하지만 쓸쓸한 인간은 더 깊숙하게 자신 속으로의 침몰을 원한다. 어쩌면 아무것도 바라지 않는 것과 같다. 하지만 그걸 무소유라고 할 수도 없다. 살아 있는 한, 감각이라는 기관은 절대 가만히 있지를 못하니까. 이걸 의지, 라고 부를 수 있다면 '포기하는 기분'을 제대로 포기하고 싶을 뿐이다. 미지근한 쓸쓸함을 유지하지 못하면 불같은 외로움이 바로 덮칠 것이다. 그리고 그 외로움이 하는 짓이 잠시 끝나면 다시 쓸쓸해질 뿐이다. 하지만 다시 미지근해지려면 얼음 창고에 또 들어가야 한다. 생각만으로도 아찔하다.

다음 날 강의가 끝나자 무슨 급한 일이라도 있는 듯 나와 R을 제외한 다른 수강생들이 무리를 지어 나갔다. 뻔하다. 지난번 술자리의 일 때문이다. 잠정적인 미래의 범죄자들과는 술잔만 같이 기울여도 무슨 일이 생길지 모른다는 두려움과 거부감이 그들을 하나로 허술하게 묶었다. 열세 명과 둘. 나와 R은 둘이 맥주를 마셨다. 앞으로 남은 강의는 66번이다. 그리고 막 6번째 강의를 마쳤다. 666. 악마의 표식이다. 아. 그만하자. 6×3=…… 그만하자.

"무슨 생각을 그렇게 해요?"

R의 물음에 숫자 놀이에서 빠져나왔다.

"미안. 좀 쓸데없는 생각이 많아."

"제가 한 말로 누나까지 곤란해졌네요."

"전혀. 아니야. 어차피 난 저런 식으로 편먹는 사람들 싫어해."

"또 어떤 사람들을 싫어해요?"

"갑자기 사라지는 사람들?"

"그런 일이 많았어요?"

"몇 번. 너는?"

"마음 갖고 장난치는 사람."

궁금했지만 물어보지 않았다.

"내가 제일 싫어하는 사람은 나야."

진심이지만 R을 좀 웃기려고 던진 말이었다. 하지만 실패였다.

"나도 그래요."

여기서 잠시 일 년의 시간을 건너뛰어야겠다. 끝까지 강의를 들은 사람은 나와 R 두 명이었다. 그리고 이제부터는 마지막 수업 딱 이틀 전의 이야기다.

침대가 계속 흔들린다.

"여보세요."

"누나."

"R?"

간신히 몸을 반쯤 일으켰다.

"지금 새벽 네 신데. 미안."

"괜찮아. 악몽을 꾸고 있었어."

"나올 수 있어요?"

"나갈게."

지갑과 휴대폰만 챙겨 뛰어나가자 동네 편의점 의자에 걸터앉은 R이 보인다.

"괜찮아? 무슨 일 있어?"

내 말에 R은 나를 불러낸 것마저 잊은 듯한 눈빛으로 천천히 고개를 들었다. 술에 취한 얼굴은 아니었다. 너무 멀쩡해 술이라도 먹이고 싶은 마음이 들 지경이었다.

"누구를 죽이기라도 한 거야?"

R의 긴장감을 풀어주려고 한 말이었다.

"죽었을 거예요."

"어? 무슨 소리를 하는 거야?"

충혈된 R의 눈동자는 겁에 잔뜩 질린 어린아이의 것이었다. 난 R의 팔을 잡고 일으켜 세웠다.

"화가 나서 밀었는데……."

"이야기는 나중에 해. 어딘지 말해! 빨리!"

"집."

난 비틀거리는 R의 손목을 꼭 잡고 달리기 시작했다.

현관문은 열려 있었다. 새벽빛에 집 안은 그리 어둡지 않았다. 부엌 바닥에 쓰러져 있는 한 남자의 형체가 보였다. 벽을 더듬어 스위치를 켜고 엎드려 있는 남자에게 다가갔다. 얼굴은 보이지 않았다. 기도를 확보하기 위해 남자의 몸을 옆으로 돌려놓고 술 냄새가 진동하는 남자의 윗옷 단추를 풀었다. 남자의 머리에서 흐른 피가 바닥에 고여 있었지만 벌써 응고되고 있었고 자발적으로 숨을 쉬고 있었다.

"살아 있어! 안 죽었다고!"

R은 아직도 멀찌감치 떨어져 조각상처럼 서 있다. 그저 텅 빈 그 눈 속에 다행, 이라는 감정은 없었다. 119, 라는 숫자를 누르자 갑자기 R이 달려들어 내 손에서 휴대폰을 빼앗았다.

"하지 마요."

"무슨 소리야? 만약 이대로 죽기라도 하면 넌 진짜로 살인자가 된다고!"

"그냥 죽게 놔둬요. 악마예요."

그 악마는 응급실에서 전두피질을 겨우 열세 바늘 봉합하고 멀쩡히 살아 어디론가 도망가 버렸다. 치료비는 당연히 내지 않았다.

"그 사람은 삼 년 전 어느 날, 내 외삼촌이라며 갑자기 나타났어. 내가 여섯 살 때 고아원에 두고 간 엄마의 오빠라고. 나를 오랫동안 찾고 있었다고. 날 안고 울던 행색이 초라한 그 사람에게서 오래 씻지 않은 냄새가 났지만 몇 년 전에 엄마가 병으로 죽으며 날 찾아달라고 부탁했다는 말에 난 울면서 엄마 이름을 물어봤어. 맞더라고. 고아원에서 사회로 나오기 전에 사람을 쉽게 믿어선 안 된다는 걸 이미 알고 있었는데. 그런데 그냥 따뜻했어. 매일 여러 개의 아르바이트를 하며 혼자 버티던 지긋지긋한 쓸쓸함이 내 감각을 무디게 한 거겠지. 외삼촌이란 사람은 내 단칸방에서 같이 살기 시작했어. 밤에 지친 몸을 이끌고 들어오면 환히 밝혀 있는 내 방의 불빛, 누군가가 날 위해 끓여주는 따뜻한 라면 한 그릇, 같이 나눠 먹던 소주 한 병, 새벽 일찍 나가는 내 바지 주머니에 넣어주는 꼬깃거리는 만 원 한 장. 그렇게 두 달을 같이 살았어. 낮 동안 뭘 하는지 물어보지 않은 건 오른쪽 다리를 심하게 절고 있다는 걸 알아서였어. 그러던 어느 날, 습관처럼 불이 켜 있는 내 방을 올려다보는데 어둡더라고. 혹시 무슨 일이라도 생겼나 싶어서 급히 올라가니 외삼촌은 없었어. 갑자기 급한 일이라도 생겼나 해서 불을 켜고 기다렸지. 정말 긴 시간이었는데 자정이 넘어가도 아무 연락이 없었어. 난 창밖만 보며 외삼촌이 오길 기다리다 문득 내 자전거가 보이지 않는다는 걸 알았어. 문을 열어둔 채 바깥으로 나가 늘 자전거를 세워놓는 자리로 갔지. 자전거는 없고 자전거를 채워둔 보라색 줄이 강제로 잘린 채 바닥에 떨어져 있는 걸 봤어. 난 다시 계단을 오르며 제발, 제발, 제발, 만 속으로 외쳤어. 비밀번호를 잊을까 봐 흐릿하게 연필로 적어놓은 통장은 없었어."

입안에서 갖은 욕설이 터져 나오려는 것을 누르며 고개를 끄덕였다. 그냥 다 말해버려.

"주저앉아 있다가 바닥에 떨어진 그놈의 머리카락을 봤어. 그리고 완전한 타인이라는 결론을 받아 들었지. 난 그 작자에게 좋은 외투 하나 사주고 싶어서 매일 아르바이트로 번 돈 중에 만 원씩을 따로 챙겨놓은 돈, 그러니까 낡은 매트리스 안에 숨겨둔 백이십만 원으로 월세를 내고 소주를 아껴 마시고 자전거도 없이 걸어 다니며 그 작자를 찾아낼 방법에 골몰하기 시작했어. 그리고 하나의 생각이 떠올랐어. 그건 내 몇 달 치 월세보다 비싼 거였지. 하지만 난 먹을거리와 잠과 공간을 더 줄여서 결국 신문의 한구석을 샀어."

그 악마를 만졌던 내 손에 벌레들이 기어 다니는 것 같았다.

〈저는 고아입니다. 혹시 저를 아시는 분이 있나요? 가족을 찾고 있습니다.〉

"이름은 평범한 가명을 쓰고 나이는 다섯 살을 더 늘리고 대포

폰 하나를 사고 그놈이 미끼를 물길 기다렸어. 사례금은 오백만 원으로 정했어. 어차피 거짓말이니까. 제발 그 작자가 그 신문을 보길 바라면서. 어차피 걸려든다 해도 돈을 되찾을 수 없다는 건 알고 있었어요. 진심으로 그를 죽이고 감옥에 가자고 생각했어. 무수한 사기꾼들의 전화를 받고 난 이틀 후에 마침내 그놈이 걸려들었어. 당장이라도 만나겠다는 그놈에게 누구나 알 만한 대기업의 이름을 대고 조급하게 만들었지. 그리고 나도 더는 참을 수 없게 되자 사흘 뒤로 약속을 잡았어. 내가 말한 대기업 본사 근처에 있는 삼 층 카페로. 이 층 구석 창가에서 그놈이 내 자전거를 타고 와 세우는 걸 보자 소름이 끼쳤어. 주위를 두리번거리며 카페로 들어오는 그놈의 오른쪽 다리는 누구보다 멀쩡했어. 일 분 후에 전화를 걸자 그놈의 목소리는 대놓고 다급했어. 난 음성변조기를 이용해 말했어. 하도 세상에 사기꾼들이 많아서요. 그런데 당신은 진짜 같아요. 죄송하지만 회사일 때문에 장소를 좀 옮겨도 괜찮으시겠어요? 그놈은 좋다고 했어. 내가 내뱉은 사기꾼이라는 말에 열이 바짝 올랐지. 메시지로 주소를 찍고 집에 가서 기다렸어. 모든 불을 끄고 조명 하나만 켜놓은 채. 다시 내 자전거를 타고 그놈이 나타나 이번에는 왼쪽 다리를 절며 빠르게 사 층으로 올라왔어. 드디어 몇 번이나 연습했던 축제가 시작될 참이었어. 그놈은 전혀 절멸할 준비가 되어 있지 않았지만 나는 너무나 확고하게 전사할 의도를 이미 완성해놨어. 그놈이 어두운 집 안으로 들어와 작은 빛을 따라오자 뒤에서 말했어. 외삼촌. 그리고 불을 켜니 그놈은 미쳐 날뛰기 시작하며 달려들었어. 그 순간 머릿속으로 수도 없이 연습했던 대로 미리 준비해뒀던 고리에 걸려 있던 줄을 빠르게 다른 고리로 연결했지, 당황하고 성이 난 짐승은 내 얼굴에 집중하느라, 원래 있지도 않았던 날아간 오백만 원에 실성하느라 그 줄에 걸려 넘어졌고 난 재빨리 바지에서 굵은 노끈을 꺼내 그가 일어나기 전에 더러운 두 손을 뒤로 묶었어. 앞으로 넘어지며 바닥에 턱을 세게 박은 덕에 다리까지 쉽게 결박했어. 잠시 후에 그놈이 상황을 깨닫고는 잠시 입을 다물었지. 난 소주병들을 가져와 앞에 앉았어. 이게 뭐 하는 짓이냐고 다시 소리를 지르는 그놈의 입에 소주 한 잔을 따라 먹여줬어. 나도 한 잔 마시고 또 먹여주고. 그놈은 자신이 불리한 처지라는 걸 깨닫고 최대한 신사처럼 말하더라고. 어차피 너도 세상 살기 힘든데 나와 동업을 하면 어때? 이것도 다 경험이야. 사람 감정 이용하는 법을 내가 알려줄게. 네가 진짜 고아라는 건 변함없는 사실이잖아. 그러면서 손의 매듭을 풀려고 슬쩍 움직이고 있었어. 왜 그래요, 외삼촌? 난 다 잊었는데. 그저 예전처럼 같이 소주나 마셔요. 친자 검사도 했는데 당신이 내 외삼촌이 맞아요. 그럴 리가 없어! 난 아니라고! 전 그놈의 입을 억지로 벌려 소주를 부어댔어. 사약을 붓듯이. 대신 천천히. 그 작자가 취해가는 모습을 보자 그저 허망했어. 진짜 예전처럼, 같이 소주잔을 기울이던 것처럼. 이 사기꾼도 불쌍해 보였어.

178

오죽하면 나 같은 인간에게 들러붙었을까. 그 순간 내 목이 험악하고 분노에 찬 손아귀 안에서 조여지고 있었어. 역시 괴물이었어. 손목의 밧줄을 풀어내고 한 손으로는 내 목을 잡고 다른 한 손으로는 다리의 매듭을 풀며 실실 웃으며 말했어. 넌 아직도 멀었어! 사기꾼은 아무나 하는 건 줄 알아? 그놈이 바지 뒷주머니에서 칼을 꺼내는 순간 잠시 느슨해진 손아귀를 온 힘을 다해 밀쳐내자 술에 취해 중심을 잃고 쓰러지며 식탁 모서리에 머리를 부딪치더니 피를 흘리기 시작했어. 그게 전부야."

R이 아직 생에서 맛보지 못한 것이 있다. 바로 안전과 안주. 그리고 그것의 절대적인 차이다.

"세상은 지금 미쳐가고 있네. 그동안 우리는 범죄자의 뇌와 마음과 행동 패턴을 분석하는 기본적인 방법에서부터 타고난 환경이 한 인간에게 끼치는 영향과 그걸 바탕으로 과거로 거슬러가는 훈련과 공부를 거듭했어. 무수한 미해결 사건 파일을 파헤치고 어디에서부터 접근해야 하는지 길을 찾고 의학과 법과 심리에 접근하고 뇌에 과부하가 걸릴 정도로 수많은 범죄를 들여다봤지. 피해자 가족의 영상을 보며 눈물을 흘렸고 시체를 부검하는 자리에 지켜 서서 인간이 얼마나 사악하고 잔인한지에 매번 놀라고 '정의'에 대해 토론도 했어. 단서를 놓치지 않는 방법과 무엇이 단서인지 구별하는 방법에 대해, 죽음을 당하며 피해자가 남긴 절박하고 은밀한 '다잉 메시지(Dying Message)'를 어떻게 최대한으로 활용해야 하는지에 대해, 더는 인간이라고 할 수도 없는 악마들의 언변과 알리바이에서 허점을 찾아내는 포인트에 대해, 증언을 꺼리는 목격자를 어떻게 설득해야 하는지에 대해, 집안에서 가정사로 치부되어 흘려버리고 마는 구조 신호인 '메이데이(Mayday)'를 어떻게 제대로 수신할 수 있는지에 대해, 그리고 똑같이 중요해 보이는 위급 상황에서 더 먼저 해야 할 일을 빨리 선택하고 움직일 수 있는 판단력을 습득하기 위해 온 힘을 기울였네. 하지만 우리가 진정으로 알 수 있는 건 어떤 통계도, 어떤 사례도, 어떤 악마도, 어떤 피해자도 다 다르다는 진실뿐이야. 그럼에도 그 진실에 낙담하지 않는 것만이 진짜 우리가 할 일의 기본이라는 말을 진부하더라도 할 수밖에 없네. 서두에 세상이 미쳐가고 있다고 했지. 하지만 우리가 태어나기 훨씬 전에도 이 말이 끊임없이 반복되고 있었다는 건 확실해. 이 지구는 태어난 이후로 한 번도 평온한 적이 없으니. 난 종교가 없네. 하지만 신이 있다면 왜 신은 천사와 악마를 같이 만들었을까, 종종 그런 생각을 하곤 해. 우리가 할 일은 최대한 악마의 씨를 말리는 것이다. 지상에서 애통해할 일을 하나라도 더 줄이고 커다란 비극이 될 수 있는 것을 작은 상처로라도 줄이고 최대한 축소시키고 또 압축하는 것. 누군가 말했지. 정신병원에 들어오는 사람들은 정신병자가 아니라 정작 그런 인간들 때문에 상처 입은 사람들이라고. 이제 마지막 당부일세. 웃기는 소리처럼 들리겠지만 이 일을 하며 절대로 인간에 대한 신뢰는 잃지 말기를. 매번 숨을 쉬듯이 자각할 것. 나는 인간이다. 나는 좋은 것에 쓰이기 위해 태어났다. 내 작은 시선이 누군가의 생을 구할 수도 있다. 나는 인간임을 잊지 않는다. 이상. 그동안 정말 수고 많았네."

녹음기를 껐다. 유일하게 녹음을 한 마지막 강의를 다시 듣고 혼잣말을 해본다. 난 인간이다. 난 좋은 것에 쓰이기 위해 태어났다. 내 작은 시선이 누군가의 생을 구할 수도 있다. 나는 인간임을 잊지 않는다.

"인간은 왜 다른 인간에게 고통을 주는 것일까."

"인간은 왜 다른 인간을 죽이는 걸까."

"인간은 왜 자신에게 상처를 준 인간을 용서하기가 그토록 힘든 것일까."

"인간은 왜 보편적인 틀에 섞이지 못해 불안해하고 그러면서도 소수자에 대해 그토록 잔인한 걸까."

"인간은 왜 타인이 불행하면 행복해지는 기분을 느끼는 걸까."

"인간은 왜 용서하는 법을 점점 잊어가고 있는 걸까."

"인간은 왜 타인을 주인으로 삼아 그 평판으로 자신을 가늠하는 방법을 택하는 걸까."

"인간은 왜 도무지 혼자 있지를 못하나."

"인간은 왜 이토록 자신의 자아에 대해 무관심해져 가는 걸까."

"인간은 왜 자신 속에도 악마가 있다는 것을 간과하는 걸까."

열 개의 질문이 적힌 종이 한 장을 마지막으로 비닐 파일에 녹음기와 함께 넣고 커다란 가방을 닫았다.

"어서 와라."

아빠는 조금 더 작아져 있었다.

"이제 진짜 온 거 맞지?"

엄마는 여전히 씩씩했다.

"손만 씻고 내려와. 저녁 먹자."

오랫동안 손을 씻고 부엌으로 내려가니 식탁 위에는 진수성찬이 차려져 있었다. 내가 앉자 아빠는 냉장고에서 샴페인 한 병을 꺼내 익숙하게 따고 내 잔에 먼저 따라주었다.

"샴페인은 냉장고에 넣는 게 아니래도 넌 차가운 걸 좋아한다며 어제부터 네 아빠가 넣어두더라."

"드디어 돌아온 탕자를 위해!"

엄마가 말했다.

"탕자? 누가 보면 내가 나쁜 짓만 하다 돌아온 줄 알겠네."

"혹시 몰래 낳아둔 우리 손자는 없는 거야?"

"뭐야! 그런 거 없어. 그게 엄마가 할 말이야? 진짜 내가 사고라도 치길 바란 건 아니지?"

"사람이 이상한 게 나이가 드니까 예전이라면 기가 막혔을 일도 행운처럼 느껴지더라."

엄마의 이야기가 길어질 조짐이 보이자 아빠가 바로 막아선다.

"밥 좀 먹게 놔둬. 체할라."

엄마는 일 분쯤 참다가 물어보았다.

"참, 언제부터 일한다고 했지?"

"모레."

난 인정하고 만다. 나는 자신에 대한 지독한 사디스트이다.

자신을 감옥에 가두고 고통의 극한을 스스로 실험하다 결국은 날

고문하는 진짜 범인은 자신이라는, 실은 너무나 절절히 알고 있던

이미 완성된 결론에 느린 걸음으로 가까워지고 있다는 것을

다시 응시하고 있다. 쾌락의 극한에 빠지기엔 도덕적이고

도덕적이라고 표명하기엔 어딘가 틀이 맞지 않는 극단을 오가는

인간이다. Sorrow. 슬프다, 는 싫다, 라는 어원을 가지고 있다.

독일어로는 Satt. 배가 부르다, 이다. 슬픔에 빠진 인간을 배가

부르다고 하는 경우가 허다하니 이 얼마나 기막힌 단어 놀이이며

문자의 묘한 연결고리이며 어지러운 생에 대한 가장 적합한

어지러운 해답인가. 난 독립적인 고양이가 되고 싶어 안달이 난

인간이다. 슬픔에 배부른 인간이 아닌 태양 볕에 배부른 길거리의

고양이들처럼 자유로이 살고 싶다. 그래, '자유'가 존재하기 위해서는

'자유롭지 않음'이 먼저 존재하고 있어야 한다. 하지만 아무리

자유를 원한다고 해도 쓸쓸함에서 도무지 자유로울 수가 없다.

'불행'과 '행복'이 의도치 않게 경쟁자로 치부되어 서로 서먹해지는

것처럼 생은 늘 가장 가까운 것이 가장 멀리 있다고 착각하게

만든다. 하지만 그 착각에 속지 않는 인간들 곁에는 마치 그걸

알아차리면 정말로 불행해지는 것처럼 무지와 외면의 가면을

쓰다듬는 인간들이 계속 생산되어 달려든다. 그건 정말이지

지긋지긋한 일이다.

 N을 기다리고 있다.

 아주 오래전, 추위에 발을 동동거리며 서 있던 그 공원은 지금
가을이다. 소복이 내린 하얀 눈 대신 다채로운 빛깔의 낙엽들로
이불을 덮고 있다. 이제 내 안에는 서로 싸우면서도 하나의 운명
을 가진 블라디미르와 에스트라공은 없다. 오십 년 동안이나 무엇
이 올지도 모르면서 그저 기다리고만 있던 그들의 잔상도 이제 옅
어졌다. 이상하다. 거의 긴장이 되지 않는다. 예전에 N이 살던 집
을 그때처럼 올려다보았다. 시간을 먹은 외벽이 좀 낡긴 했어도
아직도 누군가 그 방에 살고 있다고 생각하니 기분이 묘했다. 가
방 안에 들어 있는 책 한 권을 손으로 만져 확인했다. 오랜 시간이

지나서야 이제 진짜 주인에게 돌아갈 A의 『페르소나』.

내일. 공원 앞. 오후 0630. N.

시계를 보니 아직 십 분 전이었다. 그때였다.

"당신은 여전히 참 변함이 없군."

N의 목소리였다.

몰래 녹음을 하고 귀에 넣고 또 넣다가 결국은 내 손으로 망가뜨렸던 녹음기 속의 그 목소리.

"뭐가 변함이 없어요?"

N을 향해 몸을 돌리며 물었다. 대답이 없는 채로 N은 잠시 나를 가만히 바라보았다.

"내가 상처를 줬어요."

내 예상에는 전혀 없던, 어리석고 이기적인 말이 입술에서 튀어나왔다.

"상처라니. 무슨 말인지. 난 당신에게 상처를 받은 적이 없어."

그 말에는 날 향한 조금의 비틀린 감정도, 자신을 위한 조금의 보호막도 없었다.

"난 그저 당신이 살아 있다는 것만 확인하고 싶었어."

N의 말에 갑자기 어지러웠다.

"도대체 무슨 말인지 모르겠어요."

깊은 한숨이 N에게서 흘러나왔다.

"내 어머니란 사람을 만났지?"

"아니요. 만난 적이 없어요."

"왜 거짓말을 하는 거지?"

N은 모든 걸 알고 있는 것일까. 얼마나 알고 있는 것일까. 어디서부터 알고 있는 것일까. 그동안 어디서 몸을 숨기고 있었던 걸까.

"그래요. 만났어요. 당신의 어머니를."

"당신에게 무슨 말을 했지?"

마음속에서 두 가지 답이 싸운다. 별말 없었다고 말하고 싶은 마음과 그냥 말하는 게 옳다는 마음이.

"당신이 죽었다고 했어요. 그것도 스스로."

N의 표정에는 아무런 동요도 없었다.

"내가 살아 있다는 게. 그럼?"

"어머니는 당신에게 한 거짓말을 나에게도 했어. 대단한 사람이야."

"우리는 서로에게 죽은 사람들이었네요."

"어머니는 몇 달 전에 세상을 떠났어."

아무 감정이 느껴지지 않는다. 아주 조금은 남아 있었을지 모를 오죽하면, 이라는 감정조차도 완전하게 지워졌다.

가방에서 책을 꺼내 N에게 건넸다. 봉투 안에 있어 제목은 알수 없겠지만 제목보다 더 중요한, 책 마지막 장에 굵은 펜으로 쓴 내 아들 N, 이라는 글씨를 본다면, 그가 어떤 표정을 지을지는 상상하지 않기로 한다. 얼떨결에 봉투를 손에 받아 든 N의 표정은 조금 당황스러워 보였다.

"이건?"

"책."

"당신, 작가가 된 거야?"

"아니요."

난 작가가 아니야. A의 목소리가 떠올랐다.

"난 어쩐지 당신이 작가가 될 것 같다고 생각했어."

"왜요?"

"작가가 가져야 하는 영혼의 근성이 있었으니까. 독설도 대단했고."

그 말은 N이 내가 뱉은 일곱 마디의 말을 기억하고 있다는 의미였다.

"그럼 무슨 일을?"

"프로파일러 일을 얼마 전에 시작했어요."

"프로파일러? 어려운 일만 찾아내는 건 진짜 타고났군."

"당신은요?"

"나? 당신이 지금이라도 받아준다면 다시 연애라도 해볼까 싶은데."

"농담하지 마세요."

N과 나는 그렇게 헤어졌다.

내 등 뒤로 속삭임 같은 말이 들렸다.

"고마워."

나는 고개를 돌려 어둠 속에 서 있는 N을 향해 고개를 크게 끄덕였다. 그가 알아볼 수 있게. 과장된 몸짓으로. 온 힘을 다해. 진짜 아듀다. 미래가 없는. 완벽하고 완전한. adieU. 끝.

존재의 다른 이름, 페르소나

저는 오래전부터 페르소나, 라는 것에 사로잡혀 있었습니다. 가면이라는 오랜 어원도, 주인공이라는 또 다른 의미도 매력적이었지만 그보다 입술에서 감기는 발음에 반해 언젠가는 꼭 글로 써보고 싶었습니다. 하지만 거의 십 년 전에 페르소나, 라는 화두로 글을 쓰다가 열 쪽을 넘기지 못하고 멈췄습니다. 그리고 그것을 다시 꺼낼 수 있었던 건 용기보다 시간의 힘인 것 같습니다. 감정을 이야기로 만들어낼 정도만큼의 적절하고 절실한 본능이 지금, 이라고 그저 알려주었습니다. 그 본능으로 일 년의 시간을 설렘과 두려움, 두 감정이 번갈아 가며 지탱했지만 근소한 차이로 결국은 두근거림이 최종 목적어가 되어 여기에 도착했습니다.

우리는 모두 누군가의 주인공이었고, 미지의 주인공이며, 또 혼자로도 얼마든지 주인공입니다. 어쩌면 진정한 주인공은 주인공이라는 인식마저 없이 자신과 온전히 하나가 된 그 순간을 늘리고 믿는 이들이라고 저는 생각합니다.

그리고 우주 안에 이름이 표기되지 않은 별 같은, 이름이 없어도, 혹은 비슷한 이름으로 불려도, 억울하게 같은 이름으로 불려도 결국 그 과정은 지극히 개별적이고 사적인 무수한 강박증들에 어설픈 손이라도 내밀고 싶었습니다. 이른 애도 대신에 더 끈질긴 시선을 갖자고, 쉽게 외면하지 말고 같이 탐구해보자고 은밀한 저만의 협박을 감히 던져봅니다.

조금 더 단단해지고 싶은 마음으로 쓴 저의 보고서에 눈동자를 맞추고 하나의 이야기를 같이 삼켜주신 분들도 이제는 저의 페르소나입니다. 우리가 서로 절절히 존재함을 은근하게 증명해주길 바라는 일에만은 고단함이 없기를 바라면서 또 하나의 마침표를 찍습니다.

2018년. 2년 만의 안부. 진주현